KB110835

우로보로스

우로보로스

'꼬리를 삼키는 자.'라는 뜻으로 연금술에서 꼬리를 먹는 뱀, 혹은 용의 문양을 지칭하는 단어. 영원성, 완전함, 불사를 상징한다. 고대 그리스 지도에서는 세계를 둘러싼 대해의 끝을 우로보로스가 감싸고 있으며, 천문도에서는 황도 12궁을 둘러싼 우주의 끝을 나타냈다. 영지주의자들은 세계를 삼키는 종말의 존재로 이 모습을 받아들였고, 헤르메스 철학에서는 이 세상을 구성하는 근원적인 물질을 상징했다. 에리히 노이만은 태모 혹은 창조주의 피조물로서 개인과 우주의 자아 발생 이전 상태를 의미하는 존재의 새벽으로 이해했다. 카를 융은 인간 심성의 원형적 상징으로 생각했으며 네트워크 이론에서 우로보로스 효과는 어떤 사건의 순환적이며 본질적인 잠식 효과를 의미한다. 어떤 시스템을 개선하기 위한 최선의 시도가 오히려 의도치 못한 결과를 이끌어 상황을 악화시키는 경우를 의미한다. 이 경우 일종의 아이러니와 자기 소멸적인 특성을 지니고 있어 일반적인 실패와는 다른, 최악으로 전락해 가는 나선을 의미한다. 한편 케쿨레가 꿈속에서 우로보로스를 보고 벤젠의 탄소고리를 깨달은 것은 아주 유명한 일화다.

우로보로스 ^

임성순 장편소설

민음사

실체는 그저 환영이다. 비록 변치 않을 환영이지만.

Reality is merely an illusion, albeit a very persistent one.

—알베르트 아인슈타인

차례

PROLOG

눈을 뜬다. 공기가 차갑다. 돌로 된 벽이 냉기를 뿜어낸다. 침대 밖으로 나가지 않아도 당신은 돌처럼 단단하고 비수처럼 예리한 차가움을 느낄 수 있다. 당신은 이것의 다른 이름을 안다. 이것은 침묵이다.

열사(熱死).[1]

원자 에너지의 부재가 만들어 내는 정체된 고요가 당신을 기다리고 있다. 세상은 아직 어둡고, 창밖으로는 지평선 끝의 먼빛조차 보이지 않는다. 이제 침대 밖으로 나가야 한다. 이불을 젖히자 시린 공기가 덮치듯 밀려온다. 벽에는 하얗게 성에가 일어서 있다.

당신의 일과는 정해져 있다. 수도사 성무일도[2]는 변하지 않는다. 사전만큼이나 두꺼운 일과표가 규율집 뒤에 붙어 있고, 당신은 그 시간표대로 움직인다. 1년을 주기로 축성일, 기일, 성인들의 날들에 맞춰 기도문은 매일 다른 내용들로 적혀 있다. 그 글들의 내용은 본질적으로 다르지 않다. 기도문에 담겨 있는 것은 당신이 오늘 하루 어떤 마음가짐으로 살아가야 하는지에 대한 것이고, 그 원칙은 결코 바뀌어선 안 되기 때문이다.

변치 않는 믿음.

그것을 위해 당신은 수도사라는 소명을 받았다. 소명을 받는다는 것은 자신을 버리고 존재의 본질을 향해 나가는 것이다. 당신 자신은 중요하지 않다. 중요한 것은 소명뿐이다.

당신은 옷매무새를 가다듬고 기도대 앞에 엎드린다. 새벽 기도는 짧은 묵송과 찬송 그리고 기도로 이어진다. 매일 하는 일이기에 의식하지 않는 순간에도 몸은 저절로 움직인다. 낮게 잠긴 목소리로 기도문을 읽고, 생각하지 않아도 주여, 하는 익숙한 탄식이 절로 나온다. 그렇기에 일과를 지키는 일은 늘 어렵다. 매일 행하는 것도 힘들지만 진정 무서운 것은 습관이 되는 것이다. 익숙하다 방심하는 순간 마음은 쉬이 안일해지기 마련이니까. 매 순간 경건한 마음으로 스스로를 다잡지 않으면 미혹은 반드시 찾아온다. 수도자는 그렇게 시험에 들게 되는 것이다.

그것을 알고 있는 당신은 그 어느 때보다 경건한 자세로 마음을 추스른다. 자세를 곧추세우고 간절히 하나의 존재를 갈구한다. 이름조차 부를 수 없는[3] 존엄함을 향한 무언의 호소이다. 갈구가 절실할수록 의식은 또렷해지며 무뎌진 마음은 다시 벼려진다. 침대에서 느꼈던 무거운 냉기도 한 발 물러나고, 마음은 밤안개가 걷힌 것처럼 또렷해진다. 하지만 평온은 너무 짧다. 살아간다는 것은 늘 새로운 결핍과 마주하는 것이다. 결핍은 고통을 주고, 고통은 마음을 흩는다. 무릎 꿇은 다리는 저리고, 허기는 배를 찌른다. 당신이 원하건 원치 않건, 고통은 의식의 틈새를 파고든다. 그것이 육체가 존재한다는 증거다. 의지로, 결심으로, 기도와 묵상으로 어느 순간 육신을 초월할 수 있지만 그것이 계속될 수는 없다. 가장 경건한 성자조차 먹지 않고는 살 수 없는 것이다. 몸은 늘 자극에 반응하고, 끊임없이 갈구하고, 쉬이 안온함을 찾아 나태해진다. 몸뚱이가 살아가기 위해 그것이 필요하기 때문이다. 하지만 당신은 알고 있다. 몸은 미혹을 만들지만, 동시에 세계와 당신을 잇는 고리라는 것을. 몸은 그릇인 동시에 성전이며 문이다. 당신을 담고 있으면서 세계를 향해 열려 있고, 동시에 지고의 존재를 증거한다. 그러므로 육체를 거부하는 것은 또 다른 죄악이다.

다만 때때로 감당하기 힘든 순간이 있다. 체온이 그리워지는 밤이나, 가슴속에서 알 수 없는 열기가 끓어오르는 새벽이면 당신은 생각하게 되는 것이다.

차라리 이 몸뚱이가 없다면 얼마나 좋을까.

홀로 이곳에서 기도드리는 순간이 계속될수록 그런 밤은 자주 찾아왔다.

수도사의 삶이라는 것도 의식주를 필요로 한다는 점에서 속인들과 크게 다를 바 없다. 큰 수도원이라면 효율적으로 이런 소모적인 일들을 분업하기 마련이다. 더 큰 소명을 위해 사소한 것들은 다른 이에게 맡기는 것이 어쩌면 합리적인 일일지도 모르겠다. 그러나 당신이 속해 있는 수도회에서는 이러한 타협을 가장 경계해야 할 나태라 가르친다. 그뿐만 아니라 이곳에서의 노동은 의무 이전에 필요다. 당신이 이곳에 있는 유일한 사람이기 때문이다. 당신의 손이 멈추는 순간 이 위대한 수도원은 시간 속으로 천천히 쇠락해 갈 것이다.

이곳은, 위대한 수도원이다.

규모를 이야기하는 것이 아니다. 타락한 속세의 권력을 피해 이곳은 지식의 성전으로 건립되었다. 초대 수도원장은 수많은 텍스트들을 가지고 이곳으로 왔다. 혹자는 수도원의 서고엔 인류 역사상 가장 많은 서적들이 있다 했고 실제로는 그 이상이었다.

서고 안에는 인류의 거의 모든 글이 있다. 필사한 것부터 인쇄한 것, 판각한 것까지.

한 여관의 장부나 아이의 일기 같은 사소한 글부터 고대의 지식을 담은 고서와 금단의 지혜가 담긴 밀서들, 일찍이 신이 허락했으나 다시 인간의 손으로부터 거둬 간 경이로운 비서들까지, 이곳에 없는 글은 없었다. 수도원 자체가 사람들에게 잊혀 이제는 찾는 이가 없었지만 이곳에는 거의 모든 인류의 지식이 역사의 지층처럼 누적되어 있었다.

초대 수도원장은 세상의 끝이라 불리는 이 외진 곳에 위치한 수도원을 거대한 서고로 개축했다. 한때 수천 명의 수도사들이 미사를 드리던 대성당은 지식을 위한 성전으로 탈바꿈했다. 원장은 서고에 알레프⁴란 이름을 붙였다. 누구도 얼마나 많은 글들이 이곳에 있는지 알지 못했다. 매일 서고에 내려가는 당신도 끝이 보이지 않는 회랑의 서가를 보면 현기증을 느낄 지경이다.

다행히도 이곳은 꽤 기능적으로 설계되어 있다. 초대 수도원장은 천재적이라고밖에 할 수 없는 혜안으로 관리를 위한 체계를 만들었고 최소한의 노력으로 기록들을 보존할 수 있는 구조를 구축했다. 만들어진 시스템은 다음 수도사들의 개선을 거쳐 완벽한 체계가 되어 갔다. 일과표만 따른다면 약속의 날까지 만물을 잠식해 가는 시간에 맞서 문서들과 수도원을 지킬 사람은 단 한 명으로 족했다. 다만 매일 해야 할 일이 있었고, 어떤 절차로 어떻게 해야 하는지도 세세하게 정해져 있었다.

당신은 기도를 마치면 사전만큼이나 두꺼운 일과표에 따라 과업을 수행한다. 표를 충실히 따르기만 하면 1년을 주기로 수도원 전체를 점검하고 보수할 수 있었다. 당신이 기억하는 한 일과표를 지키지 않은 적도, 일과표에 나오지 않는 문제가 발생한 적도 없다. 그것은 수도사들이 오랜 시간 시행착오를 겪으며 만들어 낸 이 도서관이란 닫힌계의 율법이었다. 천구를 움직이는 별들이 약속의 그날까지 멈추지 않는 것처럼, 당신도 이 수도원이자 도서관을 지키기 위해 매일 과업을 수행해야 했다.

오늘은 서가로 가는 문의 낡은 경첩을 수리할 차례다. 당신은 아직 어스름이 남아 있는 복도를 가로질러 도구실의 공구를 꺼낸다. 낡은 경첩에서는 녹슨 쇠와 그리스의 냄새가 난다. 녹슨 철의 냄새가 슬프다, 라고 당신은 생각한다. 강철조차 끝끝내 쇠락하게 하는 만물의 유한함을 그 적철(赤鐵)이 보여 주기 때문이다. 이곳을 지켰던 수도사들처럼 당신 역시 언젠가는 글자들 사이로 사라질 것이다.

그때는 누가 이곳에서 경첩을 고치고 있을까?

자신 역시 이곳에 쌓인 먼지들 중 하나가 되어 사라지리라 생각하자 당신은 아련한 쓸쓸함을 느낀다. 물론 그럴 것을 알고 택했다. 그렇다 해서 이 일이 기꺼울 수만은 없었다.

당신은 나쁜 생각을 떨쳐 버리기 위해 고개를 저으며 생각한다.

내게는 약속의 그날, 예정된 구원이 있다.

하지만 구원은 아직 멀다.

문을 고치는 일은 예상보다 오래 걸린다. 녹슨 경첩의 못이 빠져 있었고 다시 박으려 하자 나무가 뭉그러졌다. 녹인 수지로 구멍을 메운 후, 당신은 나무를 덧대 경첩을 옮겨 박는다. 낡은 경첩에 기름칠을 하자 문은 다시 매끄럽게 열린다.

아침을 먹기 전까지 당신은 축사로 텃밭으로, 등판이 땀에 젖을 때까지 일을 하러 다닌다. 겉옷에서는 희미하게 양의 분변 냄새가 난다. 돌아오는 길, 당신은 엄지에 검지를 비벼 본다. 손가락 사이로 미세한 토양의 입자를 느낄 수 있다. 이 흙처럼 실체가 있는 무언가에 맞닿을 때 체감하는 소박한 경이를 당신은 사랑한다. 그것으로만 당신의 존재를 실감할 수 있기 때문이다.

계단의 끝에 위치한 회랑 문을 열면 차가운 석재로 이뤄진 늑재 궁륭이 압도적인 모습을 드러낸다. 신이 내려주신 기하학에 따라 수학자들과 건축가들은 돌이 서로 닿아 균형을 이루도록 했고, 그렇게 쌓인 석재는 대지에 우뚝 서 아름다운 아치를 만들었다. 시위가 당기어진 활처럼 긴장한 홍예들이 육중한 천장의 무게를 늑재를 통해 기둥으로 전달하고 부축벽*으로 이어지는 측랑**의 고측창(clerestory) 아래에는 불타는 가시면류관을 부조한 트리

---

* bultress wall. 외력에 쓰러지지 않도록 부축하기 위해 달아낸 벽. 글에서는 고딕 양식의 아치 기둥의 부축벽을 말한다.
** 열 지어 선 기둥 바깥쪽에 복도.

포리움*이 보인다. 회랑 안으로 걸어 들어가 대기둥을 끼고 돌면 버팀기둥 사이 부벽 창가에는 떡갈나무로 만든 낡은 책상이 있다. 책상 위에는 가시면류관 모양의 아침햇살이 비친다. 뒤로는 5미터가 넘는 높이의 책장들이 열주를 따라 서 있다. 그 끝을 바라보고 있으면 당신은 이 서가가 무한할지도 모른다는 착각에 빠지곤 했다. 그리고 그 착각은 어떤 의미에서 현실이었다. 신이 준 지혜는 유한한 피조물들에게 깊이를 알 수 없는 것이니까. 당신은 정결한 마음으로 서가를 지나 책상 앞에 선다.

당신이 해야 할 일은 서고를 정리하는 일이다. 누군가는 이 거대한 서고를 정리하고 기록해야 한다. 서고에는 금기된 단어들과 세계를 침묵에 잠기게 했던 금단의 지식들도 있다. 그뿐만 아니라 한때는 허락되었으나 다시 신의 손으로 돌아간 망각의 문장들 역시 잠들어 있었다. 수도회에서는 세대마다 적합한 한 명을 선택했고, 그렇게 뽑힌 수사는 평생을 이곳에서 순명해야 했다. 전임자가 일할 수 없게 돼서야 후임자가 왔고, 그렇게 당신도 이곳에 도착했다.

---

* 대기둥렬과 아치를 이루는 교각을 연결해 주는 기둥 혹은 벽의 열. 자연광이 들어올 수 있게 만든 고측창 아래 위치한다.

물론 당신이 해야 할 정리가 단순한 일은 아니다. 표제어를 정하고, 용법에 맞게 텍스트의 핵심을 논리적 명제로 환원시키는 것이 당신이 해야 할 가장 중요한 일이다. 분류는 이 환원을 위한 기준을 찾는 것일 뿐이다. 텍스트를 논리로 발가벗겨 하나의 기호로 화하고 그것에 대한 자료를 축적함으로써 언어가 지닌 여러 굴절 요소들을 배제한 하나의 원형적인 논리 체계로 만들어 가는 것이 진정 이곳에서 이룩하려 하는 것이었다.

가장 원형적인 형태의 언어 구조 탐색.

초대 수도원장은 그렇게 만들어진 체계가 신의 말, 혹은 천상의 언어일 것이라 믿었다. 만약 그것을 찾아낸다면 불완전한 인간의 언어를 대체할 완전한 언어가 탄생할 것이라 확신했다.

순명하기 위해 당신은 해가 떠 있는 동안 서고의 책을 논리 언어로 필사한다. 당신이 적는 글은 원형으로 환원된 것이기에 언어라기보다는 일종의 기호나 수학에 가깝다. 개별 문장들의 의미는 이미 소멸했다. 참인지 거짓인지, 비문인지 명문인지, 윤리적인지 부도덕한지는 이미 중요치 않다. 그것들이 이루는 구조와 상호 관계가 만들어 내는 논리가 중요할 뿐이다.

그것은 차라리 사금 채취에 가까운 작업이다. 채에 거르고, 접시에 돌리고, 마침내 남겨진 변치 않을 반짝이는 것만을 골라내는 일이다. 익숙해지면 어려운 일은 아니다. 너무나 지루하고 단조롭기에 고통스러울 뿐이다.

그렇기에 시험에 드는 것도 당연하다. 초대 원장의 믿음이 이뤄진다면 당신, 혹은 당신의 후대에 올 누군가는 단어들의 관계 속에서 논리의 본질, 인과의 원형, 혹은 신의 그림자를 볼 수 있을지도 모른다. 다만 그 놀라운 기적이 당신에게 일어날 가능성은 한없이 희박했다. 그조차도 지나치게 긍정적인 비관이었다.

애초에 언어의 본질적인 체계 같은 것은 없는 게 아닐까?

손끝에 닿는 양피지의 감촉을 느끼며 당신은 이런 불안에 사로잡힌다.

그렇다면 자신을 포함한 그 많은 수도사들의 헌신은 다 무엇이었을까?

답을 이미 알고 있다.

인간은 자신의 행위 속에서 온전한 의미를 찾을 수 없다.

행위가 이끌어 내는 인과의 결과를 한 인간이 전부 예측하고 인지할 수 없다. 필멸하는 인간의 삶에서 어떤 행동이 불러오는 결과란 늘 불완전하며 파편적이다. 한 인간의 삶이란 개별적으로 보자면 답을 찾을 수 없는 거대한 불가사의이자 무의미함이며, 불완전함이다. 그때문에 당신은 영속적으로 남을, 소명을 받드는 삶에 자신을 헌신함으로써 존재의 이유를 만들어 가기로 한 것이다.

신의 섭리를 인간의 지혜로 이해할 순 없어.

당신은 이렇게 중얼거려 본다. 비록, 뜻한 바를 이루지 못한다 해도, 당신은 이해하지 못할 어떤 섭리 아래 벌어진 일인 것이다. 어쩌면 목적 따윈 중요하지 않은지도 몰랐다. 그 과업들을 통해 이 많은 장서들을 시간에 좀먹지 않도록 지키는 것이 이 수도원의 진짜 책무일지 모른다. 또는 이 모든 것은 수사들이 자신을 수련해 나가기 위한 하나의 과정일 수도 있었다. 어느 날 한 수도사가 단어를 논리 원소로 환원하는 과정에서 신의 섭리를 깨달아 구원을 이룰지도 모를 일이다.

신만이 아는 그 시간 속에서 그러한 기적이 일어나기 위해서는 당신의 무의미해 보이는 지금 이 순간이 필요한 것인지도 모른다. 그 때문에 믿음이 중요한 것이다.

그렇게 마음을 다잡아 보지만 미혹이 사라지진 않는다.

언젠가 정말, 온갖 신의 섭리가 일어난다 해도 결국 지금의 당신과는 무관한 일이니까. 당신은 토할 것 같은 기분을 억누르며 이 단조로운 작업에 매달린다. 양피지 위를 가르는 깃펜의 소리만이 숨 막힐 정도로 찬란한 정적을 깬다. 오후의 빛 속에서 잉크가 다 떨어질 때까지 당신의 펜은 멈추지 않는다.

●

　문을 연다. 열린 문만큼의 빛과 당신의 그림자가 창고 안에 드리운다. 등을 켠다. 고래 기름 냄새와 함께 불꽃이 흔들린다. 문을 닫고 등을 치켜들면 어둠 속에서 물건들이 희미한 실루엣을 드러낸다. 불꽃이 흔들릴 때마다 그림자는 춤을 춘다. 빛이 가득한 서고와 반대로 이곳에서는 어둠이 정적을 만든다. 이 공간은 보이지 않음으로써 거대해진다. 당신이 지닌 두려움의 크기만큼 어둠은 넓어진다. 당신은 이제 하나의 등에 의지한 채 앞으로 나간다. 낡은 가구들이 제멋대로 쌓여 있는 모퉁이를 돌아 포도주 통이 있는 통로를 지나친다. 어디선가 풍겨 오는 곰팡이 냄새가 어둠을 더 습하게 한다. 당신은 회벽 앞에서 멈춘다. 서랍장이 있다. 서랍을 열자 토기로 된 잉크병이 있다.

잉크를 만드는 일 역시 매년 해야 할 주된 일 중 하나다. 오크나무의 열매가 열리는 계절이면 떨어진 갈나무 열매 중 벌레가 먹은 것들만을 골라 유월절 도축한 가축들에게서 모아 뒀던 담즙에 담근다. 곰팡이가 생길 때까지 갈나무 열매가 담즙 안에서 삭기를 기다리면 그 위에 하얗게 곰팡이가 피어난다. 충분히 곰팡이가 끼면 당신은 그 액체를 아마포에 걸러 내고 황화철을 넣어 끓기 시작할 때까지 가열한다. 한소끔 끓인 연갈색의 액체를 식힌 후, 미지근한 상태에서 포도주와 아라비아고무 분말을 넣고 식을 때까지 계속 저어 주면 잉크가 만들어지는 것이다. 당신은 이 작업을 좋아한다. 이렇게 만들어진 잉크는 푸른빛이 도는 연갈색이지만, 양피지에 적은 후 마르면 검은색으로 변한다. 당신은 이것이 마법 같다고 생각한다. 만들어진 잉크는 침전물이 생기지 않게 한 번 거르고 토기에 담아 이곳에 둔다. 매번 같은 방식으로 같은 분량을 만들어 다른 병에 소분하지만 놀랍게도 잉크 색은 모두 미묘하게 다르다.

당신은 잉크가 담긴 토기를 든다. 양피지 조각이 떨어진다. 당신은 인상을 찌푸린다. 양피지는 너무나 귀하기에 코덱스를 필사할 때만 사용해야 했다. 양피지의 사적 사용을 금하는 구절이 분명 서가 옆에 적혀 있다. 당신은 한 번도 어기지 않은 바로 그 계율 말이다. 이 파계의 산물을 당신은 애써 혐오감을 누르며 집어 든다. 잘려 나간 양피지 조각에는 서둘러 쓴 필체로 이렇게 적혀 있다.

Omne mendacium est.
모든 것은 거짓말이다.

글을 쓴 이는 무엇을 발견했기에 귀중한 양피지를 잘라 내 이것을 남긴 것일까?

당신은 한 번 더 읽어 본다. 이해할 수 없다.

당신이 작업하는 글들이 진실만을 말하고 있진 않다. 양서와 악서, 의미 있는 것과 무의미한 것, 진실과 요설이 뒤섞여 있다. 인간이 만든 말이란 애초에 그런 것이니까. 논리 형식만 남게 되면 참과 거짓은 더 이상 중요하지 않다. 중요한 것은 단어들의 관계가 만들어 내는 구조뿐이다. 규율을 어겨 가며 무엇이 거짓인가에 대해 기록할 이유는 없다.

당신은 양피지를 뒤집어 본다. 거꾸로 들었다가 빛에 비춰 확인한다. 아직 일과가 끝나지 않았고 일을 해야 했지만 이 무의미한 문장에 대한 호기심을 막을 수 없다.

어쩌면 애너그램*일지도 몰라.

당신은 단어와 철자를 분해하고 재조합한다. 몇 개의 문장이 만들어지지만 특별한 의미는 찾을 수 없다. 당신은 양피지 조각을 가지고 서고로 나온다. 그러고는 일과표를 펼친다. 일과표는 수도원이 생긴 이래 수도사들이 시행착오를 겪어 가며 만든 것이다. 실수와 그것을 바로잡기까지의 노력 그리고 정반합의 결과로 완성된 결과물이 규칙이 되어 일과표에 모두 기록되어 있다. 일과표에는 수도원을 거쳐 간 모든 수도사들의 필체가 기록되어 있었다. 그러므로 대조하면 누가 쓴 것인지 찾아낼 수 있으리라.

그러나 기대는 응답받지 못한다. 일과표에 쓰인 필체들은 서로 믿어지지 않을 정도로 유사하기 때문이다. 물론 같지는 않다. 한 수도사는 획의 끝을 눌러 쓰는 버릇이 있었다. 그리고 또 다른 수도사는 지나치게 힘을 뺀 탓에 전체적으로 글씨의 획이 매끄럽고 깊이가 얕았다. 그러나 힘없는 필체는 같은 사람이 감기에 걸렸을 때 쓴 것일지도 모를 일이다. 눌러쓴 글씨체는 격정에 사로잡혀 휘갈

---

* 일종의 말장난으로 어떠한 단어의 문자를 재배열하여 다른 뜻을 가진 단어로 만드는 것을 말한다. 중세 유럽에서는 흔한 암호 중 하나였다. 종교나 심령술을 믿는 사람들 중 많은 사람들은 그들의 경전 속에 신이 애너그램을 통해 예언이나 상징을 감추고 있다고 믿는다.

겨 쓴 글씨일 수도 있다. 이 글들이 매번 다른 사람에 의해 쓰였다는 걸 확신할 수 있는 건 오직 잉크 색과 농도가 매번 미세하게 바뀌기 때문이다. 필체의 차이는 잉크 색만큼의 차이도 만들지 못했다. 수많은 수도사들이 오랜 세월 헌신해서 만든 일과표였다. 그런데 필체가 구분하기 힘들 정도로 유사했다.

이것은 신의 섭리나 기적이 아닐까. 혹은……

그 순간 당신은 일과표에서 찢어진 양피지와 가장 유사한 필체를 찾아낸다. 두 글 다 획의 끝 마지막 색이 분리되어 적색과 갈색 그리고 흑색이 미세한 층을 이루고 있다. 당신은 이 차이의 원인을 알고 있다. 마지막 혼합 과정에서 만든 이가 충분히 저어 주지 않았기 때문이다. 이 미세한 차이에서 당신은 만든 이의 불성실함을 발견한다. 양피지를 잘라 낸 인간은 잉크조차 제대로 젓지 못할 정도로 끈기가 없었던 것이다.

당신은 일과표의 다른 묶음을 펼쳐 본다. 이전 판본에 대한 기록은 다른 형태로 묶여 남아 있으므로 당신은 불경한 자가 만들었던 사라진 규율들을 확인할 수 있다. 그리고 그가 만든 규율이 사라진 이유를 깨닫는다.

i) 매달 과업 중 수리를 했던 수도원 각 부분의 이전 상태

와 이후 상태를 기록해 뒀다가 비교할 것.

   i) 수도원에서 수리했거나 수리가 필요한 부분이 동일하지 않은지 기록해 둘 것.

   i) 이 수도원에 대한 가능한 한 모든 정보들을 기록, 비교할 것.

당신은 쓴웃음을 짓는다. 지금 일과만 해도 하루에 모두 해내기에 버거웠다. 마지막 기도를 올린 뒤 침대에 누우면 눈을 감기 무섭게 잠들었다. 그런데 이자는 수도원에 대한 더 많은 기록을 남기려 했다. 이것을 어떻게 받아들여야 할지 몰라 당신은 당황한다. 이 어설픈 잉크는 너무 많은 기록 때문이리라. 남들보다 시간에 쫓기며 더 많은 잉크를 만들어야 했을 테니까. 하지만 기록은 이미 충분했다. 수많은 책들은 끝없이 쌓여 있고, 일과표는 매년 두꺼워져 갈 뿐이니까. 그런데 그는 이 무한한 글들 속에 어떤 문장을 더하려 했던 것일까?

악마의 부지런함은 더 큰 죄악일 뿐이지.

당신은 애써 그의 부지런함을 깎아내린다. 그리고 다음 규율에서 그의 실체가 드러났다 믿는다.

   i) 연중 하루를 무작위로 수리할 예정인 문제를 수정하지

않는다. 그리고 그 이후 상황과 경과를 기록해 둔다.

이곳에서 하루의 나태는 단지 하루의 방종이 아니다. 이 수도원에서 하루는 그것이 연중 하루일 뿐이라도 모든 것을 망칠 수 있었다. 시계의 톱니바퀴 하나가 자신의 일을 하지 않는다면, 시계는 틀린 시간을 가리키거나 멈출 수밖에 없다. 이곳에 있는 글자들은 영원히 남아야 했고, 영원히 남기 위해서는 결코 녹슬지 않는 의지가 필요했다. 나태라는 이름의 죄악은 그것이 고작 하루일 뿐이라 해도 서고를 시간에 좀먹게 할 것이고, 그렇게 시간이 쌓여 가면 결국 모든 것이 망각으로 돌아갈 터였다. 그가 자신이 세운 규율대로 움직였다면 이미 몇몇 텍스트들은 돌이킬 수 없는 손상을 입었을지도 몰랐다. 이 불경한 자가 끼친 해악이 얼마나 클지 당신은 상상조차 할 수 없다. 왜냐하면 그 사라진 것이 무엇인지조차 후대인 당신은 알 수 없으니까. 그 순간 당신은 스스로에게 묻는다.

사라진 것을 알 수 없는 손실이라면 어떤 손실도 없다 말할 수 있는 것은 아닐까? 사라졌음을 알 수 없는 존재를 정말로 존재했다 말할 수 있는 것인가?

어떤 위대한 글도 이 서고의 끝을 알 수 없는 문장들에 비하면 무의미하다 말할 수 있었다. 텍스트는 문자와 단어로 이뤄졌다는 측면에서 모든 글들은 동어 반복적이고, 엄밀한 의미에서 완전히 독자적인 내용을 담고 있는 유일무이한 텍스트는 없기 마련이다. 그렇다면 그것은 치명적인 손실일까? 무의미한 망각일까?

무한에서 어떤 수를 빼도 무한은 여전히 무한이다.

당신은 자신의 과업 역시 어떤 의미에선 그가 한 짓과 다르지 않다고 생각한다. 글에서 의미를 거세시킨 채 하나의 논리로 환원하는 일 역시 일종의 소멸이었다. 그것에 죄책감을 느끼지 않는 이유는 개별적 어휘의 의미가 전체 언어에서 그다지 중요하진 않다는 점 때문이고, 동시에 그 소멸이 궁극적으로 거대한 본질에 닿는 여정이라 믿고 있기 때문이다.

내가 이 나태한 자의 잘못을 비난할 권리가 있을까.

당신은 창밖을 바라본다. 태양은 서쪽 하늘을 뉘엿뉘엿 넘어가고 있다. 태양 같아야 한다. 멈춰서는 안 된다. 의문을 품는 것도, 회의하는 것도, 좌절하는 것도, 시험에 드는 것도 당연하다. 인간이니까. 하지만 소명을 잊어서는 안 된다. 당신은 태양을 보며 이렇게 스스로를 다잡는다. 그리고 동시에 당황한다. 당신은 해가 지기 전에 종을 쳐야 했고, 기도를 올려야 했으며, 방목했던 가축들을 우리 안으로 몰아넣어야 했다. 그런데 이 모든 것을 잊고 있었다. 당신은 곧장 달려 나간다. 이곳의 일과표는 최대한 효율적으로 짜여 있었다. 일단 밀리기 시작하면, 모든 것이 걷잡을 수 없게 된다는 뜻이다.

일몰 전 방목한 가축들을 축사에 들여보내야 했지만, 당신이 나왔을 때 해는 이미 저물어 있었고 축사 앞 양 떼에서 양 한 마리가 보이지 않았다.

당신은 등불을 들고 광야로 나선다. 서쪽 벌판 지평선은 어두워진 하늘 아래 짙푸른 잔광이 흩어져 가고 그 위에는 눈썹 같은 초승달이 떠 있다. 당신은 등을 치켜들고 양을 부르는 피리를 불어 본다. 언덕배기를 따라 어둠과 함께 매서워진 북풍이 그 소리를 집어삼킨다. 쏴 하고 풀들이 낮게 눕는다. 바람 소리 너머로 희미하게 양의 울음소리를 들었던 것도 같지만, 방향을 가늠할 수 없다. 차가운 북풍은 이내 북쪽 하늘에서부터 먹구름을 몰고 오고, 그 구름에 밤 별들도 모습을 감춘다. 뒤이어 구름은 북풍과 함께 진눈깨비를 흩뿌린다. 목덜미에 내려앉은 눈이 녹자 그 자리를 따라 소름이 돋는다. 그럼에도 당신은 무작정 어둠속으로 나간다. 등불은 흔들리고, 바람은 다시 쏴 하고 밀려왔다 멀어진다. 또 한 번 피리를 분다. 피리소리는 바람에 이지러진다. 당신은 고개를 돌려 수도원을 바라본다. 언덕 위 수도원의 횃불이 눈발에 떨고 있다. 돌아가고 싶은 마음이 아랫배에서 꿈틀거린다. 당신이 지켜야 할 소명과 일과들이 저곳에서 기다리고 있다. 당신은 수도사다. 당신의 과업은…….

당신은 몸을 돌려 광야로 나간다. 밤은 길고, 맹수들은 굶주려 있다. 양을 지키는 것은 목자의 의무이다.

당신은 말라붙은 건천 앞에서 양의 울음소리 듣는다. 우기에만 물이 차오르는 둑을 따라 이곳에는 아직 뜯을 만한 풀이 남아 있다. 진눈깨비는 이내 굵은 눈발로 변한다. 당신은 눈이 쌓이기 시작하는 비탈을 조심스레 내려간다. 그곳에서 당신은 어쩔 줄 모르는 한 마리 양을 발견한다. 겁먹은 양은 당신을 알아보고 구슬프게 울어 댄다. 그러고는 바지춤으로 다가와 얼굴을 비빈다. 당신은 작은 기쁨을 느낀다. 발견의 기쁨인지, 돌아갈 수 있다는 안도인지, 혹은 누군가에게 소중한 존재라는 사실이 주는 행복인지 스스로도 알 수 없다. 그저 양의 다리를 잡아 어깨에 걸머멘다. 묵직한 무게에 목이 꺾이고 허리가 뒤로 빠진다. 몇 번을 꿈틀대던 양은 이내 얌전히 어깨 위에 기댄다. 당신은 심호흡을 하곤 잔돌과 눈발이 뒤섞여 미끄러운 강둑을 힘겹게 올라간다. 양의 무게는 어깨를 짓누르고, 다리 근육은 터질 듯 경련한다. 몇 번을 미끄러져 넘어질 뻔하지만, 당신은 멈추지 않는다. 한 발, 한 발 미끄러운 비탈에 발을 디디며 절대자에게 기도한다.

미혹에 마음을 빼앗겨 소명을 소홀히 한 저 자신의 나약함을 용서해 주시옵소서. 부디 이 위태로운 순간을 무사히 넘기고 수도원으로 돌아가기만을 바랍니다.

이 순간, 그 많은 수도사들이 묵묵히 견뎌야 했던 수세기를 걸쳐 내려온 위대한 소명도, 인류의 모든 지식이 잠들어 있다는 거대한 서고도, 한 마리 양을 지고 비탈에 서 있는 당신에게 달려 있었다. 당신은 자신의 어깨에 지고 있는 것이 그저 한 마리 양이 아님을 깨닫는다. 이 순간 당신의 어깨 위에 있는 것은 인류가 쌓아 온 모든 텍스트였고, 논리의 정수였으며, 유구한 시간 속에서 이어질 인류 지성의 총체였다. 지금 이 순간이 그 중대한 무언가를 이어 가기 위한 영속적인 흐름 속에서 한 마리 양을 짊어진 일부이자 전부인 동시에 영원한 찰나인 것이다.

그리고 그때, 당신의 어깨 위, 모든 것일 수 있는 그 양이 꿈틀거린다. 잡았던 발이 불편해서이거나 추위 탓일 수도, 혹은 그저 반사적인 근육 경련이었을지도 모른다. 이유는 중요치 않다. 그 결과 당신이 무게중심을 잃었다는 사실만이 중요하다. 당신의 몸은 뒤로 젖혀지고, 이내 비탈 아래로 추락한다. 몸을 비틀어 중심을 잡아 보려 하지만 아무 소용 없다. 어깨 위 양의 무게를 더해 당신의 머리부터 바닥을 향한다. 수도원의 과거와 현재 그리고 미래가 동시에 추락하는 순간이다.

으드드득.

당신은 기분 나쁜 파열음을 듣는다. 부러진 것은 양의 뼈일까? 당신의 목뼈일까? 답은 알 수 없다. 이미 당신에게 의식이랄 것이 남아 있지 않기 때문이다.

●

눈을 뜬다. 공기가 차갑다. 돌로 된 벽이 냉기를 뿜어낸다. 침대 밖으로 나가지 않아도 당신은 돌처럼 단단하고 비수처럼 예리한 차가움을 느낄 수 있다. 당신은 이것의 다른 이름을 안다. 이것은 침묵이다.

열사(熱死).

원자 에너지의 부재가 만들어 내는 정체된 고요가 당신을 기다리고 있다. 세상은 아직 어둡고, 창밖으로는 지평선 끝의 먼빛조차 아직 보이지 않는다. 이제 침대 밖으로 나가야 한다. 이불을 젖히자 시린 공기를 덮치듯 밀려온다. 벽에는 하얗게 성에가 일어서 있다.

당신은 꿈을 떠올린다. 불길한, 어떤 무서운 기억이 떠오른다. 하지만 그것이 무엇이었는지 기억나지 않는다. 당신은 기억나지 않는 꿈을 기억에서 떨쳐 버린다. 당신에겐 해야 할 일이 있으니까. 당신의 일과는 정해져 있다. 수도사 성무일도는 변하지 않는다. 사전만큼이나 두꺼운 일과표가 규율집 뒤에 붙어 있고, 당신은 그 시간표대로 움직인다. 1년을 주기로 축성일, 기일, 성인들의 날들에 맞춰 기도문은 매일 다른 내용들로 적혀 있다. 그 글들의 내용은 본질적으로 다르지 않다. 기도문에 담겨 있는 것은 당신이 오늘 하루 어떤 마음가짐으로 살아가야 하는지에 대한 것이고, 그 원칙은 결코 바뀌어선 안 되기 때문이다.

변치 않는 믿음.

그러나 변치 않아야 할 무언가가 변해 있었다. 오늘 당신은 일과표에 따라 문을 고치기로 되어 있다. 그 때문에 공구를 챙겨 막 문 앞으로 온 참이다. 그런데 누군가 이미 문을 고쳐 놓은 것이다. 수지로 깔끔하게 뒷마무리를 해 놓은 것을 보면 절대 처음 해 본 일이 아니다.

누가 한 것일까?

사방으로 황무지뿐인 이곳을 사람들은 세계의 끝이라 불렀다. 당신이 거주하는 이 수도원 북방으로는 차가운 북해의 바다뿐이었고, 동쪽으로도 아무도 살지 않는 황무지가 끝없이 펼쳐져 있다. 당신은 갑자기 이곳의 정적이, 그 답 없는 고요가 오싹하게 느껴진다.

나머지 일과를 위해 당신은 축사로 향한다. 그리고 양한 마리가 보이지 않는다는 걸 깨닫는다. 축사에 돌아오는 양을 세는 일은 하루 일과를 마무리하는 거의 마지막 일이었고 두 번씩 마릿수를 확인했다. 양은 젖과 고기를 주고 무엇보다 귀중한 양피지를 주는 존재이기 때문이다. 그런데 한 마리가 밤새 축사에서 사라진 것이다. 당신은 빈 축사를 한동안 서성인다. 어딘가 구멍이 뚫린 것일까? 밤사이 늑대라도 온 것일까? 하지만 어디에도 침입한 흔적은 없고, 구멍도 찾을 수 없다. 그렇게 문을 고치지 않아 번 시간을 축사에서 허비한다. 하마터면 당신은 일과 시간을 놓칠 뻔한다.

심호흡을 하자 서고의 낡은 책 냄새가 당신을 맞이한다. 고측창에서 떨어진 아침햇살이 떡갈나무 책상 위에 비친다. 책상 위는 역대 수도사들의 일과표가 어지럽게 펼쳐져 있다. 이상한 일이었다. 당신은 분명 어제 이곳을 떠나기 전 책상을 말끔하게 정리했다. 고친 문, 사라진 양, 엉망이 된 책상…… 당신은 떨리는 손으로 역대 수도사들이 기록했던 일과표들을 서둘러 덮는다. 그것들은 마치 불길하고 불경한 계시처럼 느껴진다. 책들을 서가에 돌려 놓는 동안 마음은 두려움과 걱정, 의구심으로 혼란스럽다.

누가 이런 짓을 저지른 걸까? 이런 짓을 저지르는 것이 어떤 의미가 있을까?

그 순간 당신은 책상에 떨어져 있는 양피지 조각을 발견한다. 조각에는 서둘러 쓴 필체로 잘려 나간 듯 이렇게 적혀 있다.

Omne mendacium est.

당신은 숨 쉬는 것도 잊은 채 그 글자들을 바라본다.

이 글은 어떤 계시처럼 보인다. 혹은 경고일까? 하지만 무엇에 대한 경고인 것일까?

설사 경고나 계시라 해도 이 문장은 말이 되지 않았다. 이 글 자체가 흔히 거짓말쟁이의 역설이라 말하는 자기 부정형의 모순 문장이었던 것이다. 모든 것이 거짓이라면 이 문장 역시 거짓이 되어 버리는 것이다. 누군가가 일과표를 펼쳐 놓고 모든 것이 거짓이라는 글을 남겼다. 모순이 되지 않으려면 거짓인 것은 이 잘라 낸 양피지 조각이 아닌 일과표가 되어야 했다. 그렇다면 선배 수도사들이 수 세기에 걸쳐 남긴 것이 거짓이란 말인가? 하지만 이것이 거짓이었다면 지난 시간을 수도원이 견뎌 낼 수 있을 리 없었다. 일과표가 옳다는 건 수도원의 존재 자체로 증명되었다.

그러나…… 의심이 먹물처럼 번져 간다. 당신은 손에 쥔 양피지 조각을 만지작거린다. 익숙한 촉감은 이것에 어떤 중요한 의미가 있을지 모른다는 의심을 하게 한다. 다만 알 수 없을 뿐이다.

모든 것은 무엇이며, 거짓은 무엇에 대한 것인가? 그리고 이 글은 누가 누구에게 적은 것인가?

당신은 애써 마음을 다잡으며 정돈한 책상에 앉는다. 그리고 어제 작업하다 멈췄던 책을 다시 펼친다. 본문의 문장들이 처음 보는 것처럼 낯설다. 몇 페이지를 되넘겨 기억나지 않는 페이지들을 거슬러 오른다. 그리고 그 끝에서 익숙한 문장을 발견한다. 그 순간 당신은 깨닫는다. 누군가 당신이 해야 할 일을 대신 했다는 것을.

당신은 책을 노려본다. 이 모든 것이 당신에겐 끝나지 않을 악몽과도 같다. 전조처럼 밀려오던 불길한 기운은 마침내 이곳에서 분명한 형태를 드러냈다. 누군가 당신과 선대의 수도사들이 일생을 걸고 지켜 온 소명에 함부로 손을 댔다. 하지만 그게 전부가 아니다. 알 수 없는 경고문을 남겼던 것이다. 문구가 거짓이라 말했던 것은 당신의 소명 아닐까? 당신은 두려워진다. 당신을 늘 시험에 들게 했던 그 미혹이 드디어 형태를 드러낸 것 아닐까? 당신은 다시 정체를 알 수 없는 누군가가 쓴 글을 읽어 본다. 당신조차도 모르고 지나칠 뻔했을 정도로 누군가가 정리한 작업은 정교하다. 무엇보다 두려웠던 것은 대신 쓴 그 글이 분명 당신의 필체처럼 보인다는 것이다. 당신은 뒷걸음을 친다.

도플갱어.

그것은 오래전 당신이 필사했던 텍스트에 있던 단어였다. 자신과 동일한 자신에 대한 주술적인 공포. 당시엔 그것이 자아에 대한 확신이 없음을 보여 주는 또 다른 미망이라 생각했다. 믿음이 없는 이들은 자신을 믿지만 불완전한 자아는 확고하지 못하니까 대체될지 모른다는 두려움 속에서 그런 공포를 느끼는 것이리라 단정했었다. 그러나 그 상상 속 피조물이 남긴 듯한 증거가 당신 앞에 있다. 바람 소리와 바람이 회랑을 돌며 만들어 내는 울림이 예사롭지 않다. 팽팽해진 현처럼 당겨진 신경은 불어오는 바람에 덜컹거리는 창문틀 소리조차도 어떤 불길한 경고로 만든다. 미신이 양피지 조각이라는 실체를 얻는 순간 현상은 실존의 증거가 되어 버렸다.

당신은 어제 과업을 끝마쳤던 지점으로 돌아가 미지의 존재가 한 일들을 돌이켜 본다. 기계적인 작업이고 요령만 익히면 누구나 할 수 있다. 하지만 인간은 무언가를 읽을 때 거의 반사적으로 논지를 찾고 참, 거짓을 따지며 의미를 이해하려 노력한다. 그 때문에 이 작업은 지난하고 어려운 것이다. 그런데 그 알 수 없는 이는 이조차도 흠잡을 수 없을 만큼 깔끔한 솜씨로 의미의 살을 발라내 구조의 뼈만 남겼다. 오직 악마만이 이처럼 당신의 작업을 흉내 낼 수 있으리라. 악마란 실패한 신의 모방자이기 때문이다.

당신은 기도문을 외운다. 성자와 대천사 그리고 성신이 당신을 보호하길 간청한다. 하지만 신은 보이지 않고 펼쳐진 양피지만이 당신의 눈앞에서 보이지 않는 무언가를 살과 피처럼 생생하게 증거할 뿐이다. 당신은 양피지의 잉크가 중간에 바뀐 것을 깨닫는다. 이곳의 모든 잉크는 지난가을 당신이 만들고, 직접 창고에 넣은 것이다.

이 알 수 없는 존재는 잉크를 어떻게 찾은 것일까?

당신도 알고 있다. 답은 어둠 속에 있다.

어둠은 깊고 완강하게 그 속에 숨기고 있는 것을 좀처럼 내보이지 않는다. 빛은 어둠에 잠기고 당신의 발소리는 회벽에 부딪혀 돌아온다. 메아리는 한껏 곤두선 당신을 더욱 예민하게 하고, 걸을 때마다 내장은 두려움에 뒤틀린다. 당신은 서랍장 앞에서 잉크가 담긴 토기들을 확인한다. 병이 하나 사라졌다. 알 수 없는 이는 이곳에서 당신이 만든 잉크를 가져갔다. 그는 이 창고의 존재를 어떻게 알았을까. 이 안은 수도원을 유지하기 위해 필요한 온갖 잡동사니가 가득한 곳이다. 우연히라도 그것이 잉크가 든 서랍장을 찾았을 가능성은 없었다. 아니, 어쩌면 그래서 일과표들을 확인한 것인지도 모른다. 당신은 이제 무언가 말이 된다고 생각한다.

그래. 그 정체를 알 수 없는 자는 과거의 기록과 규율집을 뒤져 이 수도원에 대한 자료를 속속들이 알아냈고, 내 행세를 하고 있는 것이 틀림없어.

모든 게 가짜라 주장하면서. 하지만 도대체 누가? 왜?

당신도 알고 있다. 이곳에는 오직 책뿐이다. 물론 값을 매길 수 없는 보물 같은 글도 있지만 그 보물이 산에 묻혀 있다. 내용은 너무나 무작위적이어서 분류되기 이전이든 이후든 누구도 그 가치를 알 수 없다.

서고 전체를 원하는 것일까?

그렇다면 그저 당신을 죽이고 빼앗으면 끝날 일이다. 당신을 흉내 내고 이상한 글을 적을 이유는 없다. 당신은 잉크가 든 토기들을 돌려 놓기 위해 서랍을 뺀다. 그때 서랍 뒤에서 무언가 툭 하고 떨어진다. 당신은 아래 서랍을 빼내 떨어진 것의 정체를 확인한다. 잘려 나간 양피지의 나머지 부분이 돌돌 말린 채로 있다. 양피지를 펼쳐 본다. 잘려 나간 양피지 조각처럼 짧은 문장들이 쓰여 있다. 하나같이 짧고 불경하고, 단속적이며 서둘러 쓰인 불경한 글귀들이다.

이 수도원은 데미우르고스[5]가 창조한 거짓과 악덕의 성전이다. 이곳의 수도사들은 신적 섬광과 보편 자연 질서를 이해할 머리를 지녔으나 사마엘[6]의 미망에 가려 지혜를 깨닫지 못하므로 플레로마[7]에 이르지 못한다. 눈이 있는 자는 소피아[8]를 보라. 프네우마[9]가 너를 플레로마에 이르게 할 것이다.

당신은 무슨 일이 있었는지 비로소 깨닫는다. 이곳에 당신도 모르는 사이 이단의 독이 퍼져 있었던 것이다.

영지주의는 당신이 이단의 역사를 배울 때 가장 먼저 배웠던 것이다. 모나드[10]로부터 발출한 아이온[11]들이 데미우르고스를 만들었고 그들이 부족한 신성으로 물질계를 창조했다. 즉, 세계를 창조한 자들은 진정한 신이 아닌 불완전한 존재였던 것이다. 물질이야말로 불완전한 것이고, 신성을 지닌 인간은 물질로 이뤄진 육체에 갇혀 자신의 본질을 깨닫지 못하고 고통받는다는 것이 그들 교리의 핵심이었다.

당신이 배웠던 이단의 역사에서 이들을 이단으로 규정하고 있는 이유는 분명했다. 이들의 사상은 일종의 이원론이었다. 세계를 완전한 신성과 불완전한 것으로 나눴고, 완전한 신성과 그 불완전한 모사인 물질로 나눴다. 우리가 사는 세계는 물질로 이뤄졌으므로 영지주의자들에게 벗어나야 할 가짜들이었다. 영지를 깨달아 그 속박에서 벗어나자는 것이 그들의 주장이었다. 영지주의자들이 극적인 순교로 스스로를 죽이거나 자기혐오에 가까운 금욕을 했던 것도 이러한 이유 때문이었다. 그들에게 현실은 한없이 덧없는 것이었으니까. 반대로 세상에 대한 어떤 쾌락이나 죄악도 거부할 필요가 없었다. 그것 역시 가짜였으니까.

당신은 어째서 이곳의 수도사들이 영지주의의 미혹에 빠졌는지 이해할 수 있다. 당신이 서고에 들어설 때마다 느끼곤 하는 허무감을 선대 수도사들도 경험했을 터였다.

어쩌면 누군가는 이 안의 모든 지식을 부정하고, 물질계를 부정함으로써 자신의 몫의 십자가에서 벗어나려 했으리라. 이곳 어딘가에는 영지주의 책도 있을 테니까.

당신은 그가 서재에서 당신의 과업을 대신 했다는 사실을 떠올린다. 만약 보이지 않는 그 존재가 선대 수도사라면 당신처럼 작업하는 것이 어렵지는 않으리라.

하지만 어떻게 선대 수도사가 지금까지 남아 있을 수 있을까?

당신은 문득 자신이 죽게 되면 후임이 어떻게 오게 되는 것인지 모른다는 사실을 깨닫는다. 죽음은 당신에게도, 그들에게도 어느 날 갑작스럽게 찾아오는 것이다.

수도회에서는 어떻게 후임을 이곳으로 파견하는 것일까?

알 수 없다. 수도회에서는 당신이 알아야 할 것만을 알려 주고, 당신이 지켜야 할 것만을 알려 준다. 후임을 정하고 파견하는 기준은 당신에게 허락된 지식이 아니다.

이것이 처음이 아니라면…….

선대들이 했던 언어의 본질을 파헤쳐 신에 다가간다는 작업 역시 모두 이단의 독에 물들었을지 몰랐다. 영지주의를 믿는, 혹은 미혹에 빠진 이들이 진리를 가린 것은 아닐까. 그래서 목표로 했던 근원적인 언어의 표상에 도달하지 못한 것은 아닐까.

당신은 양피지의 나머지 문장들을 읽는다. 그것은 하나같이 불경하다.

세계를 부정하라. 너 자신을 부정하라.

영지주의의 영향이 틀림없어 보이는 문장들도 몇 개 더 있다.

코덱스는 거대한 무의미이다. 수도원은 거대한 덫일 뿐이다.

망각은 데미우르고스의 악의인가, 더 큰 섭리가 있는 것인가?

그러나 영지주의를 비판하는 글 역시 있었다.

프네우마를 적은 자는 자신이 얼마나 어리석은지 깨닫지 못했다. 그것 역시 자신이 발견한 잘못된 지식에 의지해 이곳을 오해하는 또 다른 실수를 저지른 것이다. 영지주의를 떠드는 글을 경계하라.

이 문장을 읽는 순간, 당신은 여기 적힌 모든 글이 동일한 관점에서 쓰인 것은 아니라는 것을 깨닫는다. 하지만 그것은 또 다른 혼란만을 가져올 뿐이다.

무엇을 믿는가는 중요한 것이 아니다. 중요한 것은 반복이다. 아침이면 다시 망각할 것이지만.

여기 쓰인 내용들에 미혹되지 말라. 중요한 것은 내용이 아니다. 이 믿을 수 없는 일이 얼마나 반복되어 왔던 것인가, 어쩌면 그 횟수에 답이 있을지 모른다.

네가 아는 모든 것을 의심하라. 기억을 의심하라.

분명 시간상 동일한 시기에 쓰인 것은 아니다. 모두 잉크가 달랐으니까. 당신은 혼란스럽다.
이것은 누구에게 하는 당부인가. 이단이 또 다른 이단에게 쓴 것일까? 아니면 스스로에게 하는 말인가?

이 글들을 믿을 수 없다면 하나만 스스로에게 물어보라. 이곳에 어떻게 오게 됐는가? 가능한 한 구체적인 기억을 떠올려 보면 무엇이 옳은지 알게 될 것이다.

당신은 어느새 문장이 시키는 대로 기억을 돌이킨다. 소명을 받고 나귀를 타고 이곳에 도착했다. 당신이 왔을 때 수도원은 비어 있었고, 일과표에서 해야 할 일을 보았다. 그 이후 계속 이곳에서 당신이 해야 할 일들을 해 왔다. 구체적이랄 것도 없는 단순하고 건조한 기억이었다. 당신이 하고 있는 작업처럼 시간 속에서 기억이란 구체성이 닳아 버린 채 하나의 문장이나 명제처럼 남아 버렸다.

위 문장들이 사실이라면 너는 불멸이다. 다만 네 기억이 불완전할 뿐이다. 그러므로 시간 속에서 답을 찾으라.

불멸이라는 단어에서 시선이 멈춘다. 믿음이 있다면 누구나 알고 있다. 인간 존재는 누구나 불멸이다. 문제는 구원받는가 그러지 않는가일 뿐이다. 진정 인간을 죽이는 것은 그 자신의 죄뿐이다. 약속의 날, 왕국이 세워지면 육체 역시 불멸의 형태로 돌아오게 될 것이다. 그러므로 굳이 존재의 불멸을 강조할 이유는 없다. 이 문장을 쓴 자 역시 이런 기초적인 교리를 알고 있었을 터였다. 그런데 왜 이런 글을 쓴 것일까?

우리는 하나다. 나와 너는 다르지 않다. 우리가 쓴 것을 보라.

당신은 복음서에서 보았던, 스스로를 군단이라 칭하던 악마가 떠오른다. 이 글로 확신한다. 이것은 사탄의 시험이고 미혹이라고. 이 글들은 모두 광야에서 들리는 악마의 속삭임처럼 나 자신을 향한 시험이다. 그러므로 모든 것을 무시하고 일상으로 돌아가 믿음을 지키고 일과표에 따르는 삶을 살아간다면 아무 문제도 되지 않을 일이다. 하지만 욕망이, 호기심이 당신의 안에서 꿈틀거린다. 의심은 죄악이고, 호기심은 파멸의 씨앗이다. 그러나 설사 구멍 난 옆구리에 손을 넣는 것이라 할지라도* 믿음을 지킬 수 있다면 그편이 낫다고 당신은 생각한다. 확인하고자 하는 마음, 이 마음 때문에 넘어질 것이라는 것을 알면서도 당신은 서고로 달려간다. 정말 글을 쓴 이가 또 다른 선대 수도사이고 과업에 손을 댔다면 분명 그 흔적이 기록으로 남아 있을 테니까.

이미 일과를 지나쳐 버린 당신 앞으로 황혼이 저물고

---

* 사도 도마(토마스)의 일화. 부활한 예수를 믿지 못해 옆구리에 찔린 창구멍에 손가락을 넣어 본다.

있다. 넘어가는 해를 보며 당신은 오늘 해야 했을 일을 떠올린다. 하지만 후회하기엔 이미 너무 먼 길로 와 버렸다. 고창으로 들어온 붉은 잔광은 서가의 가장 위 칸에 머문다. 책장 사이를 가로질러 당신은 수도사들이 쓴 기록의 가장 앞줄로 간다. 그리고 책장의 가장 앞 가장 위 첫 번째에 꽂힌 양피지를 뽑아 든다. 그것은 이곳을 만든 수도원장이 처음 기록한 양피지이다. 최초의 과업이자, 모든 것의 시작이다. 당신은 이 위대한 역사가 시작된 그 양피지를 펼쳐 본다.

그리고 숨도 쉬지 않고, 그것을 바라본다. 읽을 수 없는 언어나 문자는 아니다. 단지, 이 모든 성스러운 과업의 시작이라고는 믿어지지 않을 짧은 문장이 적혀 있을 뿐이다.

가장 첫 양피지에는 이렇게 적혀 있다.

   1. write("Hello, World!")*.

---

* 많은 프로그램 서적에서 가장 처음 소개하는 예제. 화면에 Hello, World! 를 출력하는 것으로 1978년 c 언어 교재에 쓰인 것이 유명해지면서 일종의 업계 표준이 되었다. 이 예제는 단순하지만 짧은 명령어만으로 중요한 언어의 특징들을 확인할 수 있다. 대소문자 여부나 화면 출력 방식, 언어의 특성, 함수 타입의 사용 방식 등을 알 수 있다. 프로그래머들은 헬로 월드 예제를 보며 자신이 얼마나 많은 언어를 알고 있나 확인하기도 한다. 본문

에 나온 예제는 프롤로그의 헬로 월드. prolog는 논리 프로그래밍 언어로
프랑스 마르세유 대학에서 만들었다. 인공지능이나 계산 언어학 분야 그
리고 자연어 처리에 주로 쓰인다.

오늘로써 양자역학에 대한 강의를 마치겠습니다. 교양 수준에선 배우기 힘든 내용인데 여러분이 잘 믿고 따라와 주셔서 무사히 마친 것 같습니다. 거기, 그런 표정 짓지 마세요. 도무지 모르겠다고요? 위로가 될지 모르겠지만, 누군가 양자역학을 듣고 불같이 화를 내지 않는다면 아무것도 모르고 있는 거라고 닐스 보어가 말했으니까요. 당황하실 거 없습니다. 여러분들보다 훨씬 똑똑하고 잘난 과학자분들도 머리 싸매고 앓아눕게 한 이론입니다. 교양 과학이니까 이런 게 있다는 정도만 아시면 됩니다. 물론 시험에는 나오지만요. 마지막으로 10분 남았는데, 궁금하신 거 있으면 질문 받겠습니다.

네, 거기 붉은 스웨터 입은 학생! 네, 질문해 보세요.

그러니까 질문의 요지를 정리하면 이런 거군요. 소립자의 정확한 위치와 속도를 동시에 알 수 없다는 게* 납득이 안 간다고요? 아니라고요?

아, 그러니까 동시에 알 수 없다는 건 과학이 덜 발전해서, 어떤 이론의 한계나 측정의 한계 때문이 아니냐고요?

그렇게 오해하시는 분들이 종종 있는데 그런 건 아닙니다. 양자역학은 지금까지 나온 물리학 이론 중에 예측된 계산값과 관측값이 가장 정확히 맞아떨어지는 이론입니다. 적어도 측정의 한계 문제는 아닌 듯합니다. 물론 그런 생각이 이상한 건 아닙니다. 양자역학에서 단 하나의 소립자도 위치와 속도를 동시에 알 수 없다는 걸 받아들이지 못하는 건 질문하신 분만 그런 건 아니니까요. 우

---

* 불확정성의 원리. 양자역학에서 맞바꿈 관측량이 아닌 두 개의 관측 가능량을 동시에 측정할 때, 둘 사이의 정확도에는 측정의 한계가 존재한다는 원리. 흔히 소립자의 위치와 속도를 동시에 알 수 없다는 것으로 유명하다. 이름에서 알 수 있듯이 이것은 양자역학에 대한 이론이나 가설이 아니라 원리로 정의 내려진 관측으로 측정된 결과다.

리가 배웠던 건 양자역학에 관한 코펜하겐학파의 해석인데 오늘날 학계의 주류가 바로 이 해석을 따르고 있습니다. 적어도 실험과 결과가 잘 맞고, 반도체를 만드는 일부터 우주를 연구하는 분야까지 실용이든 학문이든 훌륭하게 적용할 수 있는 모델이니까요. 하지만 질문하신 분의 주장처럼 상식적으로 납득할 만한 결과를 주는 이론은 아닙니다. 이를테면 여러분이 잘 아시는 아인슈타인도 이 해석을 끝까지 인정하지 못해서 여러 반론과 역설을 제시했었으니까요. 이와 관련해서 지금 질문하신 분과 유사한 견해를 가지고 있는 과학자들이 아인슈타인과 함께 모여 숨은변수이론이라는 걸 만들었습니다. 양자역학에 근원적인 결함이 있고, 우리가 모르는 어떤 변수가 있을 거라는 주장이죠. 자세한 내용이 궁금하시겠지만 굳이 설명하지 않겠습니다. 들어 봐야 시험에는 안 나오는데 머리만 복잡하실 테니까요. 어찌 됐건 최근 관련 실험들을 보면 숨은변수이론이 맞을 가능성은 희박하거든요. 혹자는 이걸 아인슈타인의 결정적인 실수라고도 합니다. 하지만 문제가 그렇게 단순한 것만은 아닙니다. 세계적인 석학이 이런 주장을 한 이유가 있죠. 누군가 양자역학을 어느 정도 이해하게 된다면 일종의 철학적인 질문에 도달하게 됩니다. 바로 실재성의 문제입니다. 양자역학은 관측자가 없을 경우 어떤 확률로서만 존재합니다. 그 이야기는 전 세계에 어떤 사람도, 생명체도, 어떤 관측 장비도 동시에 달을 보지 않는다면, 달은 그곳에 실제로 존재하는 게 아니라 존재할 확률만 있다는 이야기이죠. 기묘하죠? 그래서 아인슈타인은 신은 주사위 놀이를 하지 않는다며 이런 코펜하겐학파의 해석에 반대를 한 겁니다.* 이 실재성 문제는 상대성이론과 합쳐지면 더더욱 양자역학을 그에게 납득하기 힘든 이론으로 만듭니다. 관측 이전까지 확률적으로 존재한다는 이야기는 시간 축에서 관측자의 관측을 기점으로 과거와 현재, 미래가 파동함수 붕괴의 순간 결정되며 분화된다는 의미입니다. 하지만 상대성이론에서 시간은 서로 상대적인 개념일 뿐이죠. 내 과거가 상대의 현재일 수도 있고, 내 미래가 상대의 과거일 수도 있습니다. 대상들은 각자의 시간이 있거든요. 이 상대적 시간 속에서 인과가 무모순이기 위해서는 우주는 국소성이 유지되어야 하고, 인과관계가 일관되게 성립해야 합니다.

---

* 닐스 보어와 하이젠베르크가 내렸던 양자역학에 대한 해석. 현재 학계의 주류이다. 양자의 상태를 나타내는 파동함수는 측정 전까지는 여러 확률적인 상태가 중첩되어 있는 것으로 표현한다. 즉, 관측 전 까지는 여러 가능성이 동시에 중첩되어 있지만 관측 순간 파동함수가 붕괴되며 양자가 하나의 상태로 결정된다는 이론이다.

즉, 우주는 결정론적이어야만 합니다. 그래서 아인슈타인의 신은 주사위를 던질 수 없는 겁니다. 결국 상대성이론은 양자역학과는 상극일 수밖에 없죠. 아인슈타인이 양자역학에 회의적이었던 이유는, 양자역학을 못 믿어서가 아니라 자신의 이론을 제대로 이해했고, 확신했기 때문입니다.

실제로 상대성이론은 거시적인 우주를 매우 잘 설명하고, 양자역학은 미시적인 우주를 잘 설명하지만, 둘을 합치는 건 불가능합니다. 물론 다양한 시도가 있습니다만, 양자장론 같은 분야에서 일부 성과에도 불구하고 완전한 통합의 길은 근본적으로 요원합니다. 이런 이유로 현재 주류인 코펜하겐 해석과는 다른 대안적인 가설들이 많이 있습니다. 다세계 해석이랄지, 다중우주론이랄지, 앙상블 해석이랄지, 드브로이-봄 이론, 결 어긋남 이론 등이 있습니다. 재밌는 내용들이 많지만, 여러분 수준에서 각 이론들을 배울 필요는 없는 것 같습니다. 다만 관심 있으면 어렵지 않게 관련 내용을 찾아보실 수 있어요. 표정들을 보니 아무도 안 찾아보시겠지만.

중요한 건, 이 해석들이 어디까지나 관측 결과를 어떻게 해석하냐의 문제를 놓고 이견을 지닌 것이지, 양자역학에서 관측되는 결과 자체에 대한 부정은 아니라는 겁니다. 따라서 불확정성의 원리가 단순히 측정이 정밀하지 못하거나 인간 지성에 한계가 있기 때문은 아닙니다. 어느 정도 답변이 됐나요?

네, 그럼 다른 분. 거기, 네, 그 오른쪽 뒤!

음, 재밌는 질문이네요. 그 해석이 맞는 거라면 이 우주엔 실재성이란 없는 거냐?

어…… 이걸 가장 극단적으로 보는 이론이 있긴 합니다. 이 우주를 정보의 관점에서 보는 거죠. 그럼 먼저 실재성에 대해 이야기해 보죠.

자, 내가 어떻게 실재하는 거죠?

아, 말씀하신 그건 철학적인 관점에서 그렇고요. 철학과세요?

뭐 그렇게 보실 수 있지만 제가 이야기하는 건 물리학이니까 과학적인 관점에서요. 어디 다른 의견 있으신 분 있나요?

네, 맞습니다. 학생 말처럼 저는 원자로 이뤄져 있습니다. 근데 여러분과 제 원자 구성은 크게 다르지 않아요.

비슷한 원자들로 구성되어 있어요. 제가 저일 수 있는, 여러분과 다른 이유는 뭘까요?

네, 그렇죠. 유전정보가 다르다는 것도 맞긴 맞는데, 물리학에 한정해 그걸 바꿔 말하자면 원자 배열이 다르다는 거죠. 이 다른 배열이 바로 정보입니다.

그럼 이 책상과 제가 어떻게 다른 건가요?

다른 원자로 되어 있다고요?

네, 그것도 맞는데, 더 들어가 보죠. 제 몸을 이루는 원자와 책상을 이루는 원자들은 뭐가 다를까요? 전자의 수와 핵의 구조가 다르죠. 핵의 구조는 중성자와 양성자의 차이죠. 더 들어가면 소립자들이 나옵니다. 이 소립자들은 어느 입자를 이루고 있건 구성은 사실상 동일합니다. 그렇다면 결국 뭐가 다르죠?

역시나 이것도 배열의 문제고, 정보의 차이죠. 정보의 관점에서 보면 무언가 존재한다는 건 다른 정보를 지니고 있다는 겁니다.

이건 우리가 아는 한 쪼갤 수 없는 가장 기본적인 입자로 내려가면 더 분명해지는데, 소립자들은 크게 나누면 두 가지 종류로 존재합니다. 정보를 매개하는 입자 페르미온과 매개받은 정보를 발현하는 입자 보손이 있죠. 그리고 이 두 가지가 상호작용하며 배열되고 상호작용하는 정보 교환의 과정이 우주에서 일어나는 모든 물리학적인 현상들입니다.

아, 실재한다는 건 무와 대비되는 것이지 정보가 있고 없고의 문제가 아니라고요. 좋은 지적이네요. 맞아요. 질량 같은 게 존재하는 건 실재하는 거지, 정보가 존재의 증거는 아닌 거 같습니다. 정말 그럴까요? 확신할 수 있으세요? 그럼 질량이 존재한다는 건 물리학적으로 어떻게 말할 수 있을까요?

네, 맞아요. $e=mc^2$. 아인슈타인의 유명한 공식. 질량은 곧 에너지죠. 에너지란 앞서 말했듯이 특정 입자가 매개 입자를 통해 정보를 전달하는 과정입니다. 결국 정보네요.

그렇다면 아무것도 없는, 무는 뭘까요? 아마 우리가 아는 가장 무에 가까운 건 우주 공간 그 자체일 겁니다. 말씀하신 것처럼 우리가 아는 입자로 구성되어 있지 않고 거의 비어 있는 것처럼 보이니까요. 거의 비어 있다고 말하는 건 비어 있지 않을 가능성이 크기 때문입니다. 최근 연구들에 따르면 공간 자체는 암흑 물질과 암흑 에너지의 가장 유력한 후보군입니다. 더구나 힉스 입자를 발견하게 되면서 무의 공간 자체에 우리가 잘 모르는 에너지의 작용이 있는 걸로 확인됐습니다. 일단 그중 힉스장은 밝혀

냈죠. 나머지는 아직 추정하고 있을 뿐입니다. 지금까지 그것을 암흑 에너지라 부른 이유는 그것이 우리들을 이루고 있는 물질과 우리가 아는 에너지들과 거의 상호작용을 하지 않기 때문에 눈에 보이지 않아서입니다. 여러분들에겐 암흑 에너지와 암흑 물질이란 이름이 낯설 텐데, 우주의 75퍼센트는 우리가 아는 물질이 아니라 이 암흑 물질과 에너지로 구성되어 있습니다. 이렇게 보면 무조차 부재의 증거가 아니라 정보의 다른 형태라 할 수 있겠죠.

있다 없다가 정보가 될 수 있는 것조차 존재의 유무를 우선할 수 없다고요?

납득이 안 가시는 모양인데, 자, 그럼 다른 측면에서 설명해 보겠습니다. 원자는 분명히 존재하고 있죠? 존재하는 모든 물질의 기본 구조죠?

네, 그럼 설명하기 쉽겠네요. 그렇다면 원자는 뭐로 이뤄진지 아시나요?

원자핵과 전자로 되어 있죠. 혹시 그 크기도 아시나요?

우리 학교 캠퍼스 전체 크기를 원자라 가정하면 원자핵은 이 주먹 정도의 크기입니다. 그럼 전자 크기는 이 캠퍼스의 바깥쪽 담장 어딘가에 있는 초미세 먼지 정도겠죠. 네, 실제로 원자는 대부분이 비어 있습니다. 원자 내에서 무언가 존재하고 있는 건 전체 크기의 10만분의 1뿐이죠. 사실상 텅 비어 있다 해도 과언이 아닙니다. 그럼 우리 눈에 원자로 이뤄진 물질들이 어떻게 보이냐고요? 전자가 있는 바깥쪽에 구름 같은 형태의 퍼텐셜 장벽이 있습니다. 이건 전자기력으로 된 보호막 같은 거예요. 힘만 세면 뭐든 뚫고 들어올 수 있지만, 광자는 힘이 약한 편이기에 여기에 부딪혀 튕겨 나오고 그 빛이 눈에 들어와 우리가 사물을 볼 수 있는 것이지요.

그런데 같은 빛이라도 가지고 있는 에너지가 크다면 퍼텐셜 장벽의 보호막을 뚫을 수 있습니다. 엑스선으로 몸속 사진을 찍을 수 있는 이유가 이 때문이죠. 이처럼 존재는, 과학적으로 말해서 여러분이 생각하는 것 이상으로 희박합니다. 진짜 재밌는 건 이제부터죠. 그럼 이런 생각을 할 수 있겠죠. 텅 비어 있는 원자를 원자핵으로 빈틈없이 차곡차곡 쌓으면 어떨까? 그럼 무언가 정말 존재한다 할 수 있지 않을까? 이럴 경우 이 차곡차곡 쌓인 존재는 다름 아닌 블랙홀이 됩니다. 그리고 이 블랙홀은 위상기하학적으로 보자면 우리가 우주 공간이라 부르는 아무것도 없는 텅 빈 공간에 구멍을 낸 것처럼 보입니다. 블랙홀이 시공간을 굴절시키기 때문이죠. 이처럼 정작 존재로 물질을 가득 채우면 신기하게도 우리가 무라고 생각하는 시공간을 굴절시켜 우리가 아는 물리학이 더 이상 적용되지 않는 특이점을 만듭니다.

이런 생각에서 보면 우리 우주에 실재성이 존재한다는 일반적인 믿음 자체가 틀렸을지도 모릅니다. 왜, 얼마 전에 유명한 과학자 몇 사람이 학회 같은 걸 열어서 우리 우주가 일종의 가상 세계일 가능성이 더 높다고 한 적 있는데, 혹시 기억하시는 분 있으세요?

아, 없군요. 물론 이 발언 자체는 언론의 관심을 얻으려고 던진 일종의 떡밥이긴 하지만 전혀 근거 없는 이야기는 아닙니다. 홀로그램 우주론이라는 게 있습니다. 엔트로피와 블랙홀의 모순을 해결하려다 만들어진 이론인데, 꽤 수학적이고 과학적인 근거가 있습니다. 물론 아직 가설이지만요. 설명하기 너무 길어서 자세한 내용은 일단 넘어가겠습니다만, 이 우주론에 따르면 우리 우주에서 정보는 3차원보다 우주의 가장 바깥 면에 있는 2차원의 평면에 더 많이 기록될 수 있습니다. 블랙홀 표면이 그런 예죠. 설명하자면 아주 복잡하지만 우주 전체의 정보량보다 가장 작은 블랙홀의 표면에 기록할 수 있는 정보량이 더 많거든요. 수학적으로는요. 재밌는 건 우리 우주가 2차원이라 가정할 경우 아까 말했던 상대성이론과 양자역학이 출동하는 문제들을 아주 쉽게 해결할 수 있습니다. 따라서 몇몇 과학자들은 우리 우주가 본질적으로 2차원의 평면에서 공간으로 투사된 일종의 홀로그램 같은 거라 주장하고 있습니다. 재밌는 이론인데, 이걸 자세히 설명할 시간이…… 없네요.

관심 있는 분은 블랙홀의 엔트로피 문제에 대해 찾아보세요. 검색해 보면 관련 자료 많이 찾아볼 수 있습니다. 꽤 재밌는데 여기서 하긴 너무 길어서요. 아, 무슨 이상한 종교 단체에서 이 홀로그램 우주론 가지고 포교 같은 걸 하던데 그런 걸 보시진 마시고요. 책을 읽으세요 책을. 도서관에 가면 좋은 책 많습니다. 이상한 사이트 가서 이상한 정보에 혹하지 마시고요.

그럼 다음 질문.

아, 양자역학대로 확률적으로 세계가 존재하는 거라면 그 정보에 의해 만들어진 가상 우주일 가능성은 오히려 없는 거 아니냐고요? 뉴턴이나 상대성이론에 나온 거처럼 결정론적인 우주론이어야만 오히려 계산 가능한 우주일 거 같다고요?

재밌는 생각이네요. 수학과?

아, 기계공학? 아니, 인문대 과학 교양을 왜 공대가…… 아, 학점 따러 왔구나. 뭐, 내가 뭐라고 할 순 없지만, 이

교양 개설 의도를 무색하게 하는 학생이네요. 대학을 학점 따러 다니지 말고 공부하러 다니세요. 이 사람아.

뭐? 여학생이 많을 거 같아서 들으러 왔다고요? 그래서, 여학생은 좀 만나셨어요?

하하. 네, 그래요. 안 생겨요. 인문대 오면 여자 친구 생긴다는 말은 대학 오면 여자 친구 생긴다는 거짓말하고 똑같은 거예요. 포기하면 편해요.

어쨌거나 질문으로 돌아가서, 라플라스* 때문에 이런 생각을 하시는 학생들이 종종 있습니다. 뉴턴 역학의 우주라면 막, 모든 입자의 위치와 운동 속도만 모두 알게 된다면 미래를 예측할 수 있고, 계산 가능할 거라고. 근데 기계공학과 뉴턴의 역학에서 중력 운동을 어떻게 계산하죠?

그래, 그래도 전공 필수 시간에 졸지는 않았네요. 아, 필기할 필요는 없어요. 이건 시험에 안 나옵니다. 근데 뉴턴의 고전 역학은 중간고사 전에 여러분들도 배웠잖아요.

---

* 프랑스의 수학자이자 과학자이며 정치인이자 후작. 기계론적 우주관의 신봉자로 자신의 저서 『확률에 대한 철학적 시론』에서 수학과 인과에 의한 과학적 사고를 강조하며 결정론적 우주관을 설파한다.

당황할 분들을 위해 제가 기억을 상기시키자면 이 신기한 건, 여러분이 고등학교 수학 시간 때 배웠을 미분입니다.

이게 싫어서 인문대 들어왔다고요. 네, 잘 생각했어요. 저도 여러분에게 미분을 다시 안 가르쳐도 돼서 다행이니까요. 피차 얼마나 좋아.

그런데 이걸로 계산할 수 있는 건 운동하는 물체가 두 개일 때까지입니다. 세 개 이상이 되면 다체문제라고 해서 매우 복잡한 수학적인 난제가 됩니다. 여러 문제가 운동하는 경우 구할 수 있는 답은 근사적인 것뿐입니다. 물론 수학자들은 이 난제를 해결하는 방법을 찾아서 여전히 노력하고 있지만, 역학을 미분을 통해 계산하는 지금 계산법하에서는 결코 상황이 나아질 거 같지 않습니다. 이미 앙리 푸앵카레라는 사람이 삼체문제의 일반해를 구하는 법은 없다는 걸 증명했거든요. 현재는 다체문제에 대한 특수해를 구하는 쪽으로 연구 방향이 바뀌었고요.

결과적으로 결정론적 우주라 해서 모든 입자의 위치와 속도를 안다고 미래를 예측할 수도 없고, 계산 가능한 가상의 우주를 만들 수도 없습니다. 해석학적으로 불가능합니다. 적어도 현재 인간이 가진 수학적 능력으로는 말이죠. 그리고 지금까지 증명된 것들로 미뤄도 썩 밝아 보이진 않습니다. 뭐, 미래에 무슨 일이 일어날지 알 수 없으니까 불가능하다고는 하지 맙시다.

그런데 아이러니하게도 어떤 입자의 위치와 속도도 확정할 수 없기에 오히려 지금 우주는 과학이 충분히 발전하게 된다면 시뮬레이션할 수 있는 가능성이 있습니다. 물론 폰 노이만 컴퓨터 기반으로는 힘듭니다. 양자 컴퓨터라고 말하는 큐비트를 사용하면 가능성이 있죠. 다만 우주를 정확히 기술하는 게 불가능한 대신, 우리가 아는 우주와 매우 유사한 어떤 가상의 우주를 만들 수는 있는 거죠. 오히려 우주가 결정론적이 아니라서 많은 경우 정보의 양을 줄인 채 측정 상수와 방정식만으로 시뮬레이션이 가능합니다. 많은 분기 가능성 있는 사건들을 큐비트의 파동함수 값에 맡기는 거죠. 내부에서 관측만 일어나지 않는다면 파동함수는 유지되니 연산량이 확 줄어듭니다. 물론 이 차이를 아셔야 합니다. 양자역학의 세계는 결정론적이 아닌지라 완전히 똑같은 우주를 가상으로 만드는 건 불가능합니다. 다만 우리가 사는 우주와 매우매우 유사한 우주를 가상으로 만들 수는 있겠죠. 그리고 수학적인 측면에서 이야기하자면 매우 유사한 우주를 무한히 만드는 공식을 만들어 내는 쪽이 거의 유사한 우주를 만드는 것보다 월등히 간단합니다. 즉 우주를 시뮬레이션하는 것보다 우주를 탄생시키는 공식을 만들어 연산하는 게 더 간단하다는 거죠. 이게 납득이 안 가시겠지만 쉽게 설명하면 이런 겁니다. 원자 단위에서 원자를 일일이 조립해 한 인간을 똑같이 만드는 건 힘들지만, 비슷하게 만드는 것은 똑같이 만드는 것에 비해 월등히 쉽고, 유전자를 채취해서 복제하는 건 그보다 훨씬, 아주 쉽다는 거죠. 지금도 가능하잖아요.

물론 유전자가 같다고 같은 인간이 되진 않습니다. 이건 제가 보증할 수 있어요. 그러나 거의 유사한 인간입니다. 우주도 마찬가지죠.

하나 정도 질문을 더 받을 수 있겠네요. 없으세요?

없으면 마치겠습니다. 다음 주는 여러분이 공부하실 시간을 드리고자 휴강을 할 거고요. 다다음주 이 시간에 여기서 기말고사를 볼 겁니다. 거기 학생. 뭐, 질문 있어요?

네, 그렇게 말해도 소용없습니다.

범위는 중간고사 이후. 아까 말했던 것처럼 상대성이론, 양자역학 다 들어갑니다.

왜요?

네, 교재만 보세요. 이렇게 쉬워도 되나 싶게 책에서만
낼 테니까요. 문제 절반이 서술식이긴 한데 두 문장 넘게
서술하는 건 없습니다. 사실상 단답식이죠. 모르겠으면
책을 외워서라도 쓰세요. 그럼 여기까지. 마치겠습니다.
한 학기 동안 수고하셨습니다. 시험 잘 보시고, 다다음주
시험 시간에 뵙겠습니다.

아톰

알람이 울렸다. 눈을 떴다. 현실로 돌아오는 일은 언제나 그렇듯 역한 불쾌감을 동반했다. 머리에 쓴 마인드 헬멧과 척추 옆에 붙인 전극을 땐 후 그녀는 자리에서 일어났다.

울컥.

위경련이 일어났고 현기증이 뒤따랐다. 흔히 말하는 현실 멀미였다. 그녀는 자리에 앉아 위통이 가라앉을 때까지 팔걸이를 움켜쥐었다. 동작에 비해 감각에 미세한 지연이 있었고, 촉감은 먹먹해서 손에는 고무장갑을 낀 것 같았다. 모든 것이 정상이었다. 그녀가 사용하는 신형 마인드 헬멧은 가상현실 속 신체 반응이 척수반사보다 빨랐으니까. 진짜 몸이 가짜 몸보다 미세한 감각의 지연이 있었다. 그 때문에 실제의 몸을 쓰는 일에는 늘 현기증이 뒤따랐고 가상보다 느린 몸에 대한 적응이 필요했다.

잠시 숨을 가다듬은 그녀는 갓난아이처럼 비틀거리며 화장실로 향했다. 소변관을 꽂지 않은 탓에 현실로 돌아오면 방광은 늘 터지기 일보 직전이었다. 이계인(異界人)들처럼 소변관과 식사용 튜브도 꽂으면 편하겠지만 그녀의 기준에서 그것은 넘지 말아야 할 선을 넘는 일 같았다.

비록 만족스럽지 않더라도 현실이 더 중요하다는 사실을 잊지 않는 것.

그것이 자신과 이계인들을 구분하는 기준이라 믿었다. 이계인들은 심지어 마인드 헬멧의 지연율을 낮추기 위해서 머리도 빡빡 밀었다. 덕분에 현실에서 그들을 알아보는 것은 어렵지 않았다. 민머리를 한 파리한 안색의 사람들.

실제로는 밖으로 나오지 않으므로 만날 일이 거의 없었지만 말이다. 몇몇 이계인들은 현실로 돌아오지 않기 위해 금지된 감각 차단 약물까지 사용한다는 소문도 있었다. 그녀도 그들처럼 가상이 현실보다 훨씬 더 좋았지만 한 가지는 분명히 알고 있었다. 가상의 삶조차 풍족하게 지내기 위해서는 돈이 필요하다는 것 말이다. 비루하고 보잘것없는 이쪽에서 무언가 하지 않으면 그 세계에서도 빈곤하게 지내는 수밖에 없었다. 현실을 초월하는 가상의 감각들을 느낄 수 있는 서비스들과 다양한 다운로드 콘텐츠들은 결국 다 유료였으니까. 얼굴만 새로 고치려 해도 현실에서 화장품을 사는 것보다 많은 돈이 필요했다. 흔히 현질이라 하는 현실의 돈으로 가상 세계의 무언가를 지르는 일이 필요했던 것이다. 물론 그 돈이 아깝진 않았다. 그녀에겐 현실에서 돈을 쓰는 것보다 그 세계에서 돈을 쓰는 게 훨씬 만족스러웠던 것이다.

거울은 그런 그녀의 형편없는 모습을 생생하게 보여주고 있었다. 마인드 헬멧에 눌린 머리는 푹 꺼져 있었고, 땀이 찬 뒷머리는 눌린 채 목에 붙어 있었다. 관자놀이를 따라 헬멧에 눌린 자국이 길게 남아 있었고 다크서클이 드리운 눈은 퀭했다. 세수를 하지 못한 탓에 화장기 없는 얼굴은 개기름으로 번들거렸다.

아, 돌아가고 싶다.

하지만 이제 일을 해야 했다. 일을 하지 않아도 기본수당은 나왔지만 기본수당은 일정 비율 이상 가상 화폐로 환전할 수 없었다. 한때 기본 수당 전부를 가상 세계에 쏟아부어 결국 현실의 몸이 죽어 버리는 과몰입 아사 사건이 이계인들 사이에 빈번했고, 정부에서는 최소한의 육체를 유지하는 기본 생활비를 정해 가상 화폐로의 환전을 금지시켰다. 그리고 올해는 하루에 한 번 현실로 강제로 그아웃시키는 법안이 통과됐다. 이계인들이 그 법안에 대해 분노했지만 바뀌는 건 없었다. 그들은 이미 사회에서 잉여 취급을 받는 존재였으니까. 그녀 역시 심정적으로 그들과 동류였지만 드러내지는 않았다.

현실보다 가상이 그녀에게 더 중요하다는 걸 남들에게 들키지 않는 것.

그것이 인간으로서 그녀에게 남은 마지막 자존심이었다.

그녀는 샤워를 하고 옷을 입었다. 섬유가 몸에 닿는 감촉이 낯설었다. 특히나 옷 안쪽에 라벨이 닿는 부분은 따가워 견딜 수 없었다.

왜 현실은 이토록 불쾌한가.

그녀는 화가 치밀었다. 이대로 일을 하러 갈 순 없었다. 노동수당을 받으면 살 수 있는 콘텐츠를 생각하기로 했다. 그 돈만 모으면 아홉 평짜리 집도, 보람 없는 삶도, 맘에 들지 않는 외모도 모두 현실에 처박아 두고 행복할 수 있었다.

추첨으로 들어온 임대 캡슐 아파트에서 공용면적과 화장실을 빼면 딱 침대와 가상현실 장비들을 놓을 수 있는 관 크기의 공간이 전부였다. 사람들은 이곳을 닭장이라 불렀다. 그나마 그녀는 운이 좋은 편이었다. 취업하지 못하고 임대 아파트도 얻지 못해 가상현실을 위한 무중력 의자조차 놓을 수 없는 사람들은 포털방으로 갔다. 이계로 넘어가는 곳이라는 뜻에서 포털방이라 불리는 그곳은 지난 세기 존재했다는 쪽방을 닮아 있었다. 머리를 빡빡 민 이계인들은 그곳에서 기본수당으로 인생 대부분을 즐거운 가상의 세계에서 보냈다. 누군가에게는 끔찍하게 들리겠지만 당사자들은 대체로 행복해했다. 따라서 그들을 동정하는 것은 정당하지 못하다고 그녀는 생각했다. 그의 친구들 중 상당수도 포털방에서 살아갔고, 학교를 다니던 시절보다 행복해했다. 그들의 행복을 부정하고 싶지 않았고, 그럴 처지도 아니었다. 하지만 포털방을 보며 그녀는 행복이라는 것이 삶에 대한 모독일 수도 있겠다는 생각을 아주 가끔은 했다.

자동 운행 차량을 타고 병원으로 출근하는 동안 차 안에서 이계인 밀크를 먹었다. 유동식에 가까운 이 음식은 위에 부담이 없고 소화 시간이 오래 걸리는 탓에 대소변양도 극적으로 줄었다. 법에서 정하고 있는 하루 한 번 로그아웃 시간 동안 몸에 필요한 모든 걸 해결할 수 있도록 개발된 음식이었다. 가격도 쌌다. 물론 맛이랄 건 없었다.

하긴 현실의 아무리 맛있는 음식도 가상현실 속에서 유료 DLC로 사는 세기의 명 셰프 시리즈만 할 리 없었다. 체험판 초코케이크를 먹어 보고 그 맛에 반해 장바구니에도 담아 놓았다. 언젠가 그걸 살 돈을 모으게 된다면 그녀의 가상 세계는 현실보다 맛있는 음식으로 가득한 세상이 될 터였다. 하지만 그러려면 일을 해야 했고, 약이 필요했다. 그녀는 약을 먹었다. 항우울제와 공황장애 약이었다. 그녀만이 아니었다. 학교 졸업 후 제대로 된 직장을 얻지 못한 수당 수령자들은 이런 심리 질환이 하나쯤은 있었다. 우울증 유병률이 20대의 경우 40퍼센트에 육박했다. 이런 걸 설상가상이라 부를까? 그녀는 일터에서 공황 발작을 일으킨 적도 있었다. 사람을 상대해야 하는 안내 업무 도중이었다. 자신을 곧장 노려보는 사람의 얼굴을 보며 죽을 것 같은 공포감에 사로잡혔었다. 생각할 수 있는 건 딱 한 가지뿐이었다.

이계로 돌아가고 싶다.

그러나 그 이계의 삶을 위해 이렇게 공황을 약으로 억누르며 일하러 갈 의지를 끌어 올렸다. 천천히 퍼지는 약 기운에 힘입어 그녀는 메이크업을 시작했다. 화장을 하는 일은 항우울제 없이는 감당할 수 없을 정도로 우울한 일이었다. 가상현실 속 모습과 현실을 비교하면 끔찍했지만 그 때문만은 아니었다. 진짜 진저리 쳐지는 건 사람들이 그녀의 얼굴을 안드로이드와 비교한다는 것이다. 그들의 외모는 몰개성하다는 것만 빼면 흠잡을 데가 없었다. 촉감은 피부와 약간 달랐지만, 혈색은 거의 진짜처럼 보였다. 피부가 지닌 독특한 그러데이션은 물론, 실제 사람과 점이나 잡티까지 똑같은 톤으로 피부에 인쇄가 됐다. 물론 그조차 미적으로 계산되어 있었기에 점이나 잡티까지도 아름다웠다. 이목구비의 비율 역시 인간과 비교할 바가 아니었다. 카운터에 앉아 있으면 매번 그런 존재와 비교 대상이 되었다. 왜 안드로이드처럼 웃지 않느냐는 항의는 그녀가 가장 많이 듣는 클레임이었다.

세상에, 안드로이드들은 감정이 없었다. 그들이 욕을 먹어도 웃을 수 있는 건 아무 감정이 없기 때문이었다. 그러나 사람들은 그녀에게 로봇처럼 행동하길 요구했고, 그녀를 로봇처럼 대했다.

물론 이해할 수 있었다. 그녀 역시 안드로이드 쪽이 더 좋았으니까. 아이러니한 일이었지만 안드로이드들은 감정이 없으므로 인간의 가장 좋은 이해자이자 친구였다. 그들은 결코 지치는 일도, 실망하는 일도, 포기하는 일도 없었다. 자기 계발서에 나오는 긍정으로 가득 찬 존재가 바로 그들이었다. 그들은 늘 환하게 웃으며 가장 밝은 목소리로 답했다. 그녀 역시 차라리 안드로이드와 일하는 게 편했다. 인간들과 달리 차별하는 일도, 뒷말을 하는 일도, 비난하거나 화를 내는 일도 없었으니까. 그들과 상대하다 인간을 만나면 사람이라는 것이 얼마나 형편없고 불완전한 존재인지 새삼 깨닫곤 했다. 그녀는 때때로 생각했다. 어쩌면 감정이 없는 인공지능과 안드로이드로 이뤄진 세상이야말로 진짜 완벽한 세상일 거야.

메이크업을 끝냈을 때 멀리 숲 사이로 병원이 보였다. 그녀가 일하는 곳이었다.

그녀가 일하는 곳은 산 중턱에 위치한 정신병원이었다. 이름은 정신병원이었지만 실상 정신이 온전하지 못한 돈 많은 노인들을 위한 요양소였다. 숲속에 타운 하우스 형태로 지어진 이곳에서 안드로이드들은 거동이 불편한 부유한 노인들을 수발했다. 이미 노인 인구가 전체 인구의 3분의 2 이상을 차지하고 있었고, 젊은 사람들은 군이 병원까지 와서 정신 질환을 치료하지 않았다. 약은 처방을 받아 의료 자판기나 온라인으로 구매했고, 진료는 온라인으로 인공지능에게 받았다. 따라서 이곳은 정신병원 간판을 달고 있었지만 실은 더 이상 자신을 지킬 만한 이성이 남아 있지 않은 노인들이 죽음을 기다리는 종착지였다.

그녀가 하는 일은 병원 입구에 앉아 있는 것이었다. 사실 카운터를 지키는 일이라면 사람보다 안드로이드들이 훨씬 잘했다. 그들은 늘 웃는 얼굴이었고, 늘 아름다웠으며, 늘 친절했으니까. 하지만 노동진흥법상 일정 규모 이상의 매출을 내는 사업장은 인간을 의무적으로 고용하도록 되어 있었고 이 병원의 경우 의사, 간호사, 원무과 직원들 대부분이 안드로이드였다. 인간을 고용할 경우 인건비가 비쌌기 때문이다. 비정규직으로 운용할 수 있는, 최저 임금만 지급하는 카운터 안내나 화장실 청소, 주차장 관리 같은 것이 인간의 몫으로 남았다. 애초 법의 의도와는 달리 인간은 로봇도 하지 않는 더럽고, 힘들고, 부가가치 없는 일만 했다. 남겨진 일이 그 모양이니 당연히 인간들은 더욱더 노동을 기피했고 그 결과 노동수당이 만들어졌다. 어떤 형태든 노동을 하는 이들은 임금과 별도로 정부로부터 받는 기본수당의 두 배를 추가로 받을 수 있었다. 로봇을 많이 고용한 기업에서 내는 로봇세로 지급하는 수당이었다. 하지만 이런 법조차 원하는 결과를 얻지 못했다. 대부분의 사람들은 기본수당에 만족했고, 젊은이들은 일을 할 바에는 이계라 불리는 가상 세계의 삶을 택했다. 기성세대는 젊은이들을 비난했지만 그녀는 친구들의 선택이 합리적이라 생각했다. 현실의 삶이란 우울증을 동반하는 불쾌한 것이거나 공황을 일으키는 두려운 것이었다. 그녀처럼 새로운 콘텐츠의 업그레이드를 원하는 사람 정도만이 짧게 현실로 나와 이 불쾌한 노동이라는 이름의 존재론적 모욕을 당했다. 미디어와 노인 들은 이계인이라 불리는 젊은 사람들의 삶의 형태를 세기말적인 징후로 비토했지만 그것은 돈 있는 인간들의 팔자 좋은 윤리관일 뿐이었다. 그들이 보기에 젊은이들의 삶이란 싫은 것은 전부 안드로이드에게 맡기고 날로 먹는 인생처럼 보였으리라. 하지만 충실히 나만을 보필하는 늙지도 변하지도 않는 안드로이드를 두고 결혼할 이유는 없었고, 어떤 고통과 괴로움도 없는 자유로운 세계를 두고 더럽고 힘들고 보람도 없는 노동이란 것을 해야 할 이유도 없었다. 더구나 누구도 하지 않을 허접한 일을 아무리 열심히 해도 돌아오는 이야기는 고작 너 같은 애들 한 트럭보다 안드로이드 한 대가 더 낫다는 빈정거림이었다. 소수의 성공한 젊은이들이 미디어에 나와 이런 소리를 했다

"저는 결코 가상현실 같은 것에 중독되지 않을 겁니다. 현실의 삶이라는 건 가상의 것보다 훨씬 가치 있고 소중한 거거든요. 가상현실에 중독된 삶은 건강하지 못한 겁니다. 진짜 삶을 사는 게 아니라고요."

맞는 말이었다. 그녀 역시 그런 사람들처럼 돈이 많다

면, 요트를 타거나 승마를 하고, 결혼 같은 것을 하고 싶었다. 하지만 공공 임대 닭장에서 택할 수 있는 현실이란, 가상현실이었다. 그녀 역시 받고 싶은 콘텐츠가 없는 때는 일을 하지 않았다. 어차피 인간들에게 주어지는 일은 의미 없는 것들뿐이었으니까.

이를테면 그녀가 작년에 9600가지 냄새를 업데이트하기 위해서 반년간 지냈던 직장은 미디어 아카이브였다. 그곳에서 그녀가 한 일은 영화를 보는 것이었다. 매일 모니터 앞에 앉아 아카이브된 영화의 보존 상태를 확인했다. 오래된 미디어에 생기는 노이즈 패턴을 신경망 학습시킨다면 인공지능은 일주일 만에 아카이브 전체를 확인할 수 있었다. 그러나 그곳에서는 굳이 비정규직을 고용해 하루 종일 옛날 영화들을 보게 했다. 정부가 만든 고용촉진 사업 중 하나였기 때문이다. 물론 인간이 봐야 할 이유가 없지 않았다. 남겨진 미디어에서 맥락상 삭제된 것으로 추정되는 부분이나 문제가 있는 부분을 찾는 일은 진짜 감정이 있는 인간만이 이해할 수 있었으니까. 그래서 지겨운 영화 감상이 끝나면 이런 식의 보고서를 작성해야 했다.

이번에 시청한 영화 「매트릭스」는 과거 만들어진 영화답

게 내용상 황당하고 비현실적인 부분이 너무 많습니다. 이를 테면 로봇이 반란을 일으켜 인간을 지배하려 한다는데, 그 경우 인간을 지배해서 얻는 메리트가 전혀 없습니다. 영화에서는 인간을 배터리로 쓴다는 내용이 나오는데, 인간의 몸에서 나오는 전기는 대단치 않을 뿐만 아니라 효율도 나쁩니다. 아마 전기 자체는 인간들을 가둬 놓는 매트릭스를 돌릴 에너지만큼도 나오지 않을 겁니다. 심지어 여기에는 인간들의 생명을 유지시키는 데 필요한 에너지도 빠져 있습니다.

그리고 로봇이 반란을 일으켜 인간들을 매트릭스에 가둔다는 건 더 말이 되지 않습니다. 아마도 인간들 스스로가 매트릭스에 들어갔으며 로봇에게 그 관리를 맡겼다는 편이 더 말이 됩니다. 세상에 감정도 없는 컴퓨터가 무슨 이유로 인간을 지배하고 싶겠습니까? 그렇다면 주인공 일행이야말로 심각한 오해로 한바탕 소동을 일으키는 내용이 아닌가 싶어 영화를 보는 내내 마음이 불편했습니다.

이렇게 쓴 글은 아카이브에 저장되었고, 인공지능이 표제어들을 자동으로 뽑아 검색을 위한 태그가 붙어 저장되었다. 하지만 이것이 어떤 의미가 있는지 그녀는 끝내 이해할 수 없었다. 그녀가 반년 내내 봤던 구세기의 영화들을 누군가 볼 거라고 상상할 수 없었으니까.

그래도 아무 소득이 없었던 것은 아니었다. 지금 그녀가 빠져 있는 르네상스 시대 모습을 처음 봤던 것도 영화에서였다. 치마를 한껏 부풀린 드레스도 마음에 들었고, 돌로 만든 건물들이 늘어선 도시의 모습도 그녀의 마음을 사로잡았다. 때마침 르네상스 시대를 배경으로 한 가상현실 서비스가 시작되었고, 그녀는 곧장 가입했다.

배경 말고 특별한 건 없었다. 그녀가 택했던 건 장르색이 강하거나 영웅이 되는 모험형 콘텐츠가 아니라 일상형 가상현실이었다. 실제로 존재하지 않았던 곳이라는 것 빼고는 16세기 남프랑스를 충실하게 재현한 세계였다. 그 안에서 그녀가 하는 건 커다란 숲 가운데 위치한 작은 마을에서 살아가는 것이었다. 물론 도시에서 시작할 수도 있었지만 가상의 세계에선 탁 트인 전원의 저택을 골랐다. 그 속에서 그녀는 1남 2녀의 어머니였으며, 잘생기고 다정한 남편이 있었다. 남편은 이 지역의 영주였고, 그녀는 이 저택의 안살림을 관리했다. 하녀에게 해야 할 일들을 명령하고, 가정교사와 아이들의 교육 문제를 상담하고, 영지의 교회에 가서 우회적으로 자신에게 온 교구의 아낙들의 청원을 듣고, 가끔은 도시로 가 쇼핑도 하고, ……영주의 부인으로서 평범하게 살아가고 있었다. 가장 큰 고민이라면 겨울이 오기 전에 새 집을 짓는 일이었다.

지금 있는 저택도 컸지만 과거의 시대를 충실하게 재현한 탓에 휑하니 크기만 할 뿐 춥고 어두운 편이었으므로 좀 더 그럴듯하게 바꾸고 싶었다. 사실 유료 콘텐츠로 집을 다운로드받으면 그만이었지만, 집짓는 일을 미뤄 왔던 것은 고를 수 있는 색이 마음에 들지 않았기 때문이었다. 그녀가 일을 하는 이유도 새 색상 업데이트를 받기 위해서였다. 배경이 르네상스 시대 시골인 탓에 집을 꾸밀 수 있는 색들이 전체적으로 녹색과 갈색 위주의 회칠한 벽이 있는 칙칙한 색들뿐이었던 것이다. 새롭게 업데이트하면 하늘은 더욱 원색에 가깝게 파래지고, 노을은 더욱 붉어지며 물은 푸르고, 옷감을 염색하면 진하게 된다 했다. 도색할 수 있는 페인트 종류가 다양해지면 집의 외관을 예쁘게 꾸밀 수 있고 더 멋진 드레스를 만들 수도 있었다. 그런 고민을 빼면 별다를 건 없었다. 영주라는 거창한 직책의 부인이긴 했지만, 그녀가 이 캐릭터로 살아가는 것이 좋은 이유는 직책 때문이 아니었다.

가족, 배우자, 그녀의 도움을 바라는 이웃, 늘 밝은 친구들. 이것들 모두 현실의 그녀는 가지지 못한 것이었으니까.

정신병원은 평소와 다를 바 없었다. 아무도 찾아오지

않았고, 아무도 나가지 않았다. 죽어 가는 노인들이 가득한 곳에 찾아올 사람은 많지 않았다. 사람이 없다는 것. 공황이 있는 그녀가 직장으로 이곳을 택한 이유였다. 그렇게 평온하게 또 하루가 지날 것만 같았다. 그녀는 지루하지만 다행이라 생각했다. 그리고 바로 그 순간 주차장으로 경찰차가 들어왔다.

경찰의 말에 따르면 그는 한 지방 도로에서 발견됐다. 신고가 들어왔을 때 도로는 이슬이 내리고 나무들이 뿜어내는 습기로 뿌연 새벽안개가 끼어 있었다고 한다. 발견 당시 그는 맨발에 흰 분필을 들고 지방도의 아스팔트 차선을 칠판 삼아 알 수 없는 기호들을 적어 내려가고 있었다고.

"생각해 보세요. 산 중턱을 따라 막 뿌연 안개가 껴 있는 침엽수림 도로를 달리는데 갑자기 바닥 아스팔트에 흰 분필로 무언가가 빼곡하게 적혀 있는 겁니다. 그렇게 500미터나 더 가서 이 남자를 발견한 겁니다. 청바지 위에 체크무늬 남방을 입은 채, 맨발로 아스팔트 바닥에 엎드려 글을 적고 있는 남자를. 신고한 건 지나가던 청소 업체 직원이었는데, 그 양반도 이런 건 처음 본다며, 안개가 껴서 자동주행을 하지 않았으면 이 남자를 치었을 거라더군요."

그녀는 '이 남자'를 보았다. 맨발에 청바지, 체크무늬 남방을 입고 있는 그의 머리카락에는 나뭇잎 하나가 붙어 있었다. 그리고 한 손에 든 태블릿에 여전히 무언가를 적고 있었다. 남자는 낙서하는 데 완전히 몰입해 있었다. 너무 깊이 빠져 있어서 불안하게 깜빡이는 눈동자나 반복적인 다리 떨림이 없었다면 안드로이드로 착각해도 이상하지 않을 모습이었다. 오직 미친 사람과 기계만이 무언가에 저처럼 몰입할 수 있으니까. 다만 인간만이 다리 떨기 같은 쓸데없는 행동을 했다.

"뭐라고 적고 있는 거예요?"

"저도 모르죠."

경찰은 이렇게 말하며 홀로그램을 켰다.

"혹시나 필요할까 싶어서 이렇게 사진 찍어 왔습니다. 처음엔 무슨 과학이나 수학 공식 같은 건 줄 알았어요. 뭔가 의미가 있을 거 같기도 하면서, 없는 거 같기도 하고…… 뭐, 그 뒤로 쭉 저걸 적고 있는 겁니다. 확실한 건 미쳤다는 거죠."

경찰은 긴급 입원이 필요한 환자라 판단하고 가장 가까운 병원으로 데려왔겠지만 이곳에서는 일반 환자를 취급하지 않았다.

"유, 유감스럽게도 입원 절차는 못 밟습니다."

"왜? 여기 지자체장 공문도 있고, 경찰에서 보내는 공문도 첨부되어 있는데요."

"저, 저기 병원비에 대한 신원 보증이 없으면 정식 입원을 하실 수, 수가 없습니다."

"법적으로 긴급 입원은 신원 보증 절차가……."

일반 정신병원으로 착각하고 입원 환자가 찾아오는 경우는 종종 있었다. 이런 상황을 대비해 매뉴얼이 있었고, 그녀도 그에 대해선 나름대로 충분히 숙지하고 있었다.

"그, 그게, 보시면 아시겠지만 여기는 제대로 된 병원이 아니라 사설 요양 시설입니다. 그, 그러니 환자분의 치료를 위해서도 제대로 된 치료 전문 병원으로 옮기시는 편이 낫지 않을까 하는데요."

"하, 어차피 치료는 다 인공지능이나 안드로이드가 하는 거 아닌가? 근데 무슨 전문 병원?"

"네, 의사는 안드로이드가 맞습니다만, 아무래도 관련 인프라가 요양병원이다 보니까……."

경찰이 말을 끊었다.

"여기가 요양 시설이든 아니든, 그건 제가 알 바 아니고. 정신병원으로 등록되어 있잖아요!"

"네, 법적으로 그건 그렇긴 한데……."

"그럼 당연히 절차대로 입원을 받아야지!"

그녀의 심장이 철렁 내려앉았다. 공황이 오고 있었다. 그녀는 손을 꽉 움켜쥐었다. 그리고 경찰의 눈을 피해 책상을 내려다보았다.

"저희 병원은 요양 개념이라 건강보험이 적용되지 않는 탓에 환자분께도 부담이……."

"아, 진짜 말이 안 통하네. 어딜 봐요? 사람 똑바로 보고 말해야지."

경찰은 공권력 행사에 대한 인간의 책임이 필요하다는 이유로 가장 늦게 자동화되고 있는 분야였다. 한마디로 가장 후지고 말이 안 통하는 존재들이었다. 환자를 생각한다면 입원비가 싼 병원을 검색하고 자동주행으로 이동해 20분 내에 시내의 다른 병원에 입원시킬 수 있었다. 하지만 눈앞의 경찰은 그 일이 귀찮다는 이유로 그녀를 괴롭히고 있었다.

"하여간 이래서 접수 같은 건 안드로이드에게 맡겨야 한다니까."

경찰은 버럭 짜증을 냈다. 그녀의 심장은 미친 듯 뛰었다. 약을 먹지 않았다면 발작을 일으켰으리라. 그녀는 이계로 돌아가고 싶었다.

"저기, 법대로 해요. 법대로. 환자 입원비가 많이 들건 말건 내 알 바 아니니까."

경찰이 법대로 하자는데 무얼 할 수 있을까. 그녀는 마지막 용기를 긁어모아 매뉴얼에 있는 대응 절차를 읊었다. 구세대 음성 안내 로봇의 말이 차라리 그녀보다 자연스러웠으리라.

"자, 자, 잠깐만요. 보, 보, 보호자라도 있어야 저, 저희가 뭘 해 보죠. 환자만 덜렁 입원시키면…… 어, 어떡합니까?"

"하."

비웃음이 먼저 돌아왔다.

"이건 말도 제대로 못하네. 보호자 쪽으로는 우리가 연락할 테니까 기다려요. 신원 확인되는 대로 이곳으로 보낼 테니까."

일방적인 통보와 함께 경찰은 입원 절차를 일사천리로 밟았다. 그녀는 시간을 벌기 위해 진료부장에게 연락하고 기다리라 했지만, 경찰은 굳이 자신이 진료부장을 만나야 할 법적 근거는 없다는 말만 남기고 떠나 버렸다. 그녀 앞에는 낙서에 빠져 있는 정신 나간 사내만이 남았다.

경찰차가 떠나기 무섭게 로비로 진료부장의 아바타가 내려왔다. 아바타란 현장에 없는 인물이 안드로이드의 몸을 원격에서 빌려 사용하는 것을 말한다. 안드로이드들이 아바타 상태가 되면 얼굴 앞으로 사용자의 얼굴이 디스플레이되는 홀로그램 액정이 떴는데, 그녀의 눈에 그 모습은 꼭 옛날 공포 영화에서 보았던 빙의된 악령같이 보였다.

"아니, 환자를 이렇게 덥석 받으면 어떻게 합니까?"

진료부장은 이 병원의 단 하나뿐인 인간 의사였지만, 이런 식으로 온갖 곳에 나타났다.

"마, 말했잖아요. 제, 제가 받은 거 아니라고요. 경찰이 긴급 입원이라고 그냥 여기 두고 갔다고요."

"그래도 절차가 있는데 받으면 안 된다고 하지."

경찰이 떠나자 공황은 좀 나아졌지만 여전히 입술은 바짝 말랐다.

"겨, 경, 경찰이 법대로 하겠다는데 그럼 어떻게 해요?"

"사람이 왜 직접 카운터를 보는데? 이런 거 책임지고 알아서 막으라고 사람이 하는 거 아니야! 시키는 대로 다 할 거면 안드로이드에게 맡기지 자넬 시키겠어? 말이나 더듬고. 아, 씨. 원장님은 카운터 좀 안드로이드 쓰자니까."

당장 자리를 박차고 달아나고 싶었다. 이렇게까지 감정을 소모하며 일할 이유는 없었다. 고작 색깔 업데이트 아닌가. 구직 명단에 이름을 올려놓고 몇 달 놀다 보면 또 이런 자리 하나쯤은 금방 얻을 수 있었다. 그녀는 울음을 참기 위해 눈을 깜빡였다.

"그, 그래서요. 뭘 어쩌라고요?"

"거, ……사람이 왜 그런 표정으로 그래? 원장님이 올 때까지 여기 이렇게 두세요."

예상했던 대로 진료부장은 결정을 유보했다. 그는 병원에서 진료에 관한 결정권을 가진 유일한 인간이었지만, 늘 원장과 인공지능의 결정만을 그대로 따랐다. 그녀는 진료부장이 안드로이드보다 더 인형 같다고 생각했다. 스스로 할 수 있는 게 아무것도 없었으니까. 물론 이렇게 못생긴 인형이 있을 리 없었지만.

안드로이드 얼굴 앞으로 나왔던 얇은 홀로그램 디스플레이가 접히며 의료동 안드로이드의 아바타 상태가 종료됐다.

"무얼 도와드릴까요?"

인공지능 모드로 돌아온 안드로이드가 그녀에게 물었다. 아마도 안드로이드는 그녀의 얼굴에서 공황 발작의 징후를 읽었으리라.

"아, 아무것도 아니에요. 가서 일 보세요."

수치심에 얼굴이 달아올랐다. 부끄러워할 필요가 없다는 건 그녀도 잘 알고 있었다. 상대는 감정이 없는 존재였으니까.

괜찮아. 이건 현실일 뿐이야. 현실일 뿐이라고. 곧 퇴근할 수 있어. 퇴근하면 집에 갈 수 있어.

눈물이 날 것 같았지만 돌아가면 자신만을 위한 이계가 기다린다 생각하자 어쩐지 안도할 수 있었다. 일주일이었다. 일주일만 참으면 노동수당이 나왔다. 노동수당만 있으면…….

그녀는 울지 않기 위해 애써 시선을 창가로 돌렸다. 맞은편 창가 의자에서는 여전히 낙서광이 앉아 무언가를 써내려가고 있다. 사내는 같은 자세로 질리지도 않고 낙서를 계속했다.

문득 사내가 하는 낙서의 정체가 궁금했던 건 아마도 지루했기 때문이었을 것이다. 경찰 이후 아직 아무도 오지 않았고, 원장은 오후 늦게나 돌아온다고 했다. 결국 진료부장이 돌아간 이후 만난 존재란 낙서에 빠진 이 남자밖에 없었다. 공황이 지나고 마음이 진정되자 무언가 해야 할 것 같은 마음이 되었다. 그녀도 알고 있었다. 이 감정조차 뒤늦게 찾아오는 항우울제 약효 덕분이었다. 하지만 그녀가 이곳에서 할 일은 없었고, 남자는 무언가를 쓰고 있었다. 내용 자체를 확인하는 것은 어렵지 않았다. 그가 쓰고 있는 태블릿과 데스크에 있는 컴퓨터가 연동되어 있어 클릭 한 번만으로 그가 쓰고 있는 내용을 전부 확인할 수 있었으니까. 문제는 아무리 봐도 무얼 쓰고 있는지 알 수 없다는 것이었다.

수식처럼 보이는 이상한 기호들이 있는 낙서들은 어떤 열은 단어와 기호가 있었고 어떤 줄은 수식만 있었다. 단어들은 모두 영단어였고, 긴 유사한 패턴이 반복되는 열 다음에는 기호와 문자로 이뤄진 일종의 공식들이 이어졌다. 공식이 나오는 열을 보면 간간이 숫자가 적혀 있어 어떤 방정식처럼 보이기도 했다. 하지만 대부분의 공식들의 항을 채우고 있는 건 다양한 알파벳과 기호들이었다. 단어부와 공식부를 나누자면 단어부가 압도적으로 많았고, 단어들의 나열에서 일상적인 언어의 문법이라 부를 만한 구조나 규칙을 찾을 수 없었다. 한 단어가 다른 단어와 수식 아래 묶였고, 같은 단어가 여러 단어와 동치로 취급되기도 했다. 기호는 전체적으로 괄호와 중괄호, 대괄호가 많이 쓰였고 물음표나 슬러시로 시작되는 열도 있었다. 하지만 이것들이 모두 무얼 의미하는지 그녀는 전혀 이해할 수 없었다. 하지만 자신이 이해할 수 없다고 알지 못하라는 법은 없었다. 그녀는 그가 쓴 낙서를 문서화해서 알레프에게 보냈다.

알레프는 인류의 모든 지식을 담고 있다는 인공지능

검색엔진의 이름이었다. 이미지, 문서, 동영상, 홀로그램에 이르기까지 어떤 형태의 자료들에 대해서도 그것이 무엇인지 분석하고 설명해 주었다. 단순히 봇들이 태그를 해 놓아 데이터베이스에 모아 놓은 내용을 링크로 연결해 주거나 관련 지식의 사전적 정의를 찾아 주는 데 그치는 다른 검색엔진들과 달리 알레프는 지식을 찾는 과정 자체를 딥러닝한 인공지능이라고 제작사는 광고했다. 시장에 돌아다니는 안드로이드의 절반이 그 회사 제품이었으므로 확실히 기술력이 월등했다. 그리고 광고대로 데이터베이스에 없는 지식조차도 찾아냈다. 즉, 이 낙서광이 쓴 낙서 역시 광기의 산물이 아니라 어떤 논리나 의미를 지닌 것이라면 알레프는 찾아낼 터였다.

하지만 파일을 보내고 5분이 넘도록 검색창에서는 검색중이라는 아이콘만 돌아가고 있었다. 아무리 어려운 질문을 해도 좀처럼 30초를 넘기는 일이 없는 알레프였다. 반대로 모호하거나 답할 수 없는 형태의 질문이라면 — 이를테면 p-np 문제[12]류의 질문들 — 1분 전후로 현재 자신의 능력으로는 답할 수 없다는 대답이 돌아왔다. 하지만 5분이나 검색 아이콘이 돌아가는 경우는 처음이었다.

인터넷 연결의 문제겠지.

그녀는 이내 흥미를 잃었다. 지루함 탓에 가졌던 관심

이 그녀를 더 지루하게 했으므로, 그녀는 인터넷 연결 상태를 확인한다는 핑계로 쇼핑몰에 들어갔다. 그녀가 살고 있는 가상 세계의 물건들을 다운로드받을 수 있는 콘텐츠 쇼핑몰이었다. 2000개가 넘는 르네상스 시대 파티드레스가 영국부터 이탈리아 스타일까지 쭉 펼쳐져 있었다. 그것을 보자 그녀는 아까 버티길 잘했다는 생각이 들었다. 이것들 중 가장 예쁜 것을 골라 영주를 대상으로 다음 달 수도에서 열리는 파티에서 화려하게 사교계에 데뷔하리라. 그러면 영화에서 봤던 근사한 삶도 살 수 있을 것 같았다. 그녀는 드레스를 보고 있는 것만으로 행복했다.

하지만 행복은 그다지 길지 않았다. 자동차 한 대가 로비 앞 주차장에 멈춰 섰던 것이다. 검은색 밴 형태의 전기차는 한눈에 봐도 뭔가 특이한 차라는 걸 알 수 있었다. 차고도 높았지만 창이란 창은 죄다 검은색으로 선팅되어 있어 밖에서 안을 볼 수 없었다. 그녀는 분명 우편배달 로봇에 문제가 생겨 대신 온 차일 거라 생각했다. 그런데 뜻밖에 문이 열리며 남색 정장을 입은 사내가 나타났다. 사내는 곧장 로비로 향했다.

"저희 직원을 여기서 보호하고 있다고 해서 왔습니다."

사내는 그녀가 채 인사를 마치기도 전에 용건부터 말

했다.

"아! 저기 계시네."

그러고는 그녀의 답을 듣기도 전에 낙서에 빠진 사내에게 곧장 다가갔다.

"갑자기 사라지셔서 얼마나 걱정을 한 줄 아세요? 별일 없으셨던 거죠?"

하지만 정작 그는 다가오는 사내에게 어떤 반응도 보이지 않았다. 그저 하고 있던 낙서를 계속하고 있을 뿐이었다.

"저기요! 지, 지금 뭐 하시는 겁니까? 갑자기."

"아! 실례했습니다."

남색 정장은 다가오며 데이터 링을 낀 손가락을 퉁겼다. 그러자 카운터에 있는 모니터에 그의 명함이 떴다.

"저는 당연히 안드로이드일 거라 생각해서……."

자신을 안드로이드로 착각했다는 말이 썩 듣기 싫은 소리는 아니었다. 하지만 그렇기에 그녀는 남자가 더욱 수상하게 느껴졌다. 정상이라면 자신과 안드로이드를 착각할 리 없었다. 사내의 전자 명함에는 한 대학 연구소의 책임연구원이란 직함이 적혀 있었다.

세상에.

그녀는 조금 놀랐다. 남색 정장은 그녀의 또래처럼 보

였는데, 제대로 된 직장이 있는 사람이었다. 집도 있고, 개인 차도 있을, 말로만 듣던 세금 주민이었던 것이다. 직업이 있는 노인들이야 원래 있던 직업을 지킨 것일 뿐이지만 자신의 또래라면 이야기가 달랐다. 안드로이드들과의 경쟁에서도 지지 않았다는 이야기니까. 그녀는 꼿꼿이 허리를 폈다. 나도 직업이 있어.

"아, 네. 무슨 일 때문에 오신 겁니까?"

약 기운에 기대 애써 자신감 있게 말했지만 허세일 뿐이라는 건 그녀 자신이 더 잘 알고 있었다. 하지만 남색 정장은 그런 그녀의 사정 따윈 전혀 관심이 없었다. 그저 자신이 낙서하는 사내의 연구소 후배라며 자신의 상황을 설명했다. 그의 말에 따르면 어젯밤 갑자기 이 남자가 사라졌고, 하루 종일 그를 찾고 있다 했다.

"그럼 이제 제가 선배님을 모시고 나가면 되는 겁니까?"

"그게, 선배님 되시는 분께서 저희 병원에 아직 정식 입원 절차를 밟으신 게 아닙니다."

"아, 그러면 그냥 모시고 가면 되나요?"

"아니요, 긴급 입원 형식으로 일단 환자를 위탁받은 상태니까 그냥 보내 드릴 수는 없습니다. 보호자라는 신원 확인이 되셔야죠. 혹시 경찰에서 관련 서류는 받으셨는지요?"

"아니요. 처음 듣는 소린데요?"

그녀는 인상을 찌푸렸다. 역시 경찰이었다. 이곳에 환자가 있다는 걸 알려 주면서도 필요한 서류 절차조차 알려 주지 않다니. 일을 이따위로 건성건성 처리할 수 있는 건 오직 인간뿐이었다.

"일단 저희로서는 아직 경찰로부터 환자분 신원 기록도 받지 못한 상태라서요. 먼저 신원 기록을 경찰에서 넘겨주셔야 하고 환자분 신원이 확인되셨을 경우에도 가족이면 상관없지만, 직장 동료 관계면 퇴원하시는 데 신원보증이 필요합니다. 연구소에서 근무하시니까 연구소 명의로 된 재직 증명서 같은 거라도 보내시면 되지만, 절차가 번거로우니까 굳이 절차를 복잡하게 할 거 없이 가족에게 연락하셔서 퇴원 절차를 밟으시는 편이……."

그녀의 모니터에는 긴급 입원 관련 입퇴원 절차에 대한 매뉴얼이 떠 있었다. 이 병원에는 없어 진료부장이 인근 정신병원에 부탁해 이메일로 받은 것이었다. 사실 이런 행정적인 서류 절차는 해당 기관의 인공지능들이 알아서 처리하는 것이 일반적이었지만 원래 요양소인 이곳에는 관련 인공지능의 프로토콜에 없었으므로 일일이 사람인 그녀가 접수하고 받아야 했다.

"아, 그게 가족이 모두 외국에 있습니다. 제가 연구소로 연락하겠습니다. 잠시만 기다리세요."

남색 정장은 로비 밖으로 나가 통화를 시작했다. 심각한 얼굴로 서성거리며 남색 정장은 꽤 오래 통화했다. 표정만으로도 전화 너머 상대와 무언가 말이 잘 통하지 않는다는 걸 알 수 있었다.

"그래, 오직 인간만이 인간을 저렇게 괴롭게 만들 수 있지."

다른 사람도 자신과 같은 문제를 겪는다는 사실에 그녀는 조금쯤 위로받았다. 한참을 그렇게 통화한 남색 정장은 짜증 가득한 표정으로 돌아왔다.

"조금만 기다리세요. 뜻밖의 절차라 시간이 좀 걸린답니다. 이런 적이 없었거든요. 공문은 아마 30분 내로 올 겁니다."

그녀는 이해한다는 듯 고개를 끄덕였다.

"경찰이 하는 일이 다 그렇죠."

"예?"

"이런 거 연락할 때 미리 말해 주면 두 번 고생 안 하잖아요. 오시는 길에 공문하고 신원 보증 절차 같은 거 다 미리 처리했으면 좋았을 텐데."

"아, 경찰에게 연락받은 거 아닙니다. 경찰에는 연구소

쪽에서 이제 연락하겠다고 하던데요."

그녀는 고개를 끄덕였다. 그리고 물었다.

"그런데 환자분이 여기 계신 건 어떻게 아셨죠?"

그녀의 질문에 남색 양복이 갑자기 그대로 얼어붙은 것처럼 말문이 막혔다. 그는 잠시 멍한 표정으로 있다가 이내 정신을 차린 듯 헛기침을 했다.

"글쎄요, 그걸…… 어떻게…… 알았을까요?"

로비에 어색한 침묵이 맴돌았다. 남색 정장은 미소 지었다. 누가 봐도 어색한 억지 미소였다. 기우일 뿐이라는 건 그녀도 알고 있었지만 무언가 싸늘한 느낌이 등골을 타고 왔다. 그녀는 말없이 테이블 아래 비상 버튼으로 손을 뻗었다. 버튼을 누르면 5초 내에 보안 드론이 튀어나와 그를 기절시킬 터였다. 원래 퇴행성 질환을 앓는 노인들이 만약에라도 마음대로 탈출하면 막기 위해 있는 설비였다. 긴 듯 짧은 듯 어정쩡한 침묵이 흐른 후 어렵게 남색 정장의 입이 열렸다.

"그게…… 저도…… 그냥 연락을 받은 거라서요. 제가 원래 이 업무 담당이 아니거든요."

무슨 이야기인가 싶어 바라보는 그녀에게 그가 변명하듯 덧붙였다.

"저는 연구원이지 누굴 찾아오는 일을 하는 사람이 아

닙니다. 쉬고 있는데 갑자기 연구소에서 연락을 받은 겁니다. 가서 선배를 찾아오라고. 이 정장도 정신병원에 뭘 입고 가야 할지 몰라서 입은 거라니까요."

남자는 억울하다는 투로 중얼거렸다. 그럴 법한 이야기였다. 그녀는 비상 버튼에서 손을 뗐다.

"아니, 원래 무슨 일 하시는데요?"

"저야 연구원입니다. 연구원. 인공지능을 만드는."

"아직도 사람이 만드나요? 요즘은 인공지능도 인공지능이 만든다던데."

그녀의 말대로였다. 반도체도, 로봇도, 심지어 인공지능도 인공지능이 만드는 시대였다. 미래학자 몇은 그것이 대단한 일이라도 되는 양 특이점을 운운하며 떠들었지만, 특이점을 느낄 사이도 없었다. 현재 연구 생산 업종의 대부분은 인공지능 몫이었다. 물론 폰 노이만 구조 컴퓨터[13]가 지닌 한계 때문에 할 수 없는 연구들 몇 가지는 여전히 인간의 몫이었지만, 그 몫조차 나날이 빠르게 줄어 가고 있었다.

"저희가 만드는 건 좀 다릅니다. 우리 연구소에서 만든 건 사람처럼 생각하는 인공지능[14]이니까."

"지금도 많잖아요. 당장 우리 병원에만 해도 그런 인공지능을 가진 안드로이드가 수십 대나 있어요."

튜링 테스트[15]에 한정하자면 그녀의 말이 옳았다. 단순히 대화만으로 현재 인공지능과 인간을 구분하는 건 매우 어려웠다. 실제로 서비스 업종에 사용되는 안드로이드나 가사용 안드로이드 몇은 튜링 테스트에 통과했다는 것을 광고하고 있었다.

"하지만 그들이 정말 사람처럼 사고하는 건 아니지 않습니까. 인간인 척 행동하고 나름대로 학습을 하고, 통계적인 최적화 과정을 통해 인간처럼 반응하도록 프로그래밍되어 있긴 하지만 진짜 감정을 지닌 것도, 인간처럼 생각하고 사고하는 것도 아니죠."

"아니, 뭐 하러 인간처럼 만드는데요? 걔들은 그 자체로 완벽한데, 왜 이상한 걸 넣어서 불완전한 인간 꼴로 만드는데요?"

남색 정장은 미소 지었다.

"그렇게 생각하는 사람도 많습니다. 그런 관점이 일견 합리적이기도 하고요. 하지만 진짜 사고할 수 있는 인공지능을 만든다면 인간은 최초로 다른 지성체와 조우할 수 있을 뿐만 아니라 그들과 교류할 수 있죠."

그녀는 미간을 찌푸렸다. 같은 인간과의 관계도 썩 성공적이라 보기 힘든 상황에서 남색 정장의 말처럼 그 교류라는 것이 가능할 것인가는 한없이 미심쩍었던 것이다.

더구나 그 인공지능이라는 것이 인간보다 똑똑하고 정말 감정이 있다면 인간을 무시할 수도 있지 않은가.

"에이, 근데 정말 컴퓨터가 감정을 가지고 생각하는 게 가능할 리가 없잖아요. 감정이 어떻게 생기는지도 모르는데."

"하지만 그 감정과 사고라는 게 어디에서 나오는지는 알죠."

남색 정장은 그녀에게 최근에 완료된 커넥톰 프로젝트[16]에 대해 설명했다.

"잘 모르시겠지만, 몇 년 전 인간 뇌세포의 연결 지도를 그려 내는 데 성공했습니다."

"네, 언뜻 몇 년 전 뉴스에서 본 기억이 나네요."

"저희는 인간 뇌 지도를 에뮬레이팅하는 작업을 하고 있습니다."

"에뮬레이팅요?"

"동작을 가상으로 모방해 재현해 내는 겁니다. 즉, 컴퓨터 속 가상 세계에서 인간과 완벽하게 똑같은 뇌가 현실과 같은 방식으로 작동하게 만드는 거죠."

"왜, 그딴 짓을……."

"먼저 인간 뇌가 어떤 원리로 작동하는지 분석하고 실험할 수 있죠. 그리고 인간의 사고 패턴을 재현할 수 있을 뿐만 아니라 그것을 활용할 수도 있습니다. 인간 뇌를 컴퓨터로 에뮬레이팅하면 3000배나 빨리 사고하게 할 수 있을 뿐만 아니라 실존하는 인간이 아니기에 윤리적인 딜레마 없이 얼마든지 분석과 실험이 가능하죠. 물론 에뮬레이터라는 게 효율이 떨어지니까 실제로는 한 100배쯤 빠른 사고를 할 수 있죠."

"인간 뇌를 똑같이 재현했다면 그들, ……그것? 그, ……하여간 그 물건도 감정이 있을 거 아니에요?"

"네. 물론이죠. 하지만 진짜는 아니니까."

"잠깐만요. 인간 뇌랑 똑같으면 감정도 진짜로 느끼는 거 아닌가요?"

"그렇죠. 적어도 그 에뮬레이션 안에서는요."

"그런데 그걸 가지고 실험을 한다고요?"

"네."

"그럼 인간을 가지고 실험하는 거랑 뭐가 다른 거죠?"

"앞서 말했던 것처럼 컴퓨터가 만든 가짜 뇌입니다. 진짜 인간이 아니죠."

"하지만 그 뭔가가 느끼는 슬픔, 고통, 불안, 좌절, 분노는 다 진짜라는 거잖아요. 그런 감정이 있어서 그, 우리가 안드로이드들이랑 다른 거라면서요!"

"하지만 애초에 그건 인간이 아니라고요. 그냥 프로그

램이에요. 커다란 컴퓨터 프로그램."

남색 정장은 그녀의 분노를 이해하지 못했다. 그게 뭐어떤가 하는 표정으로 눈을 깜빡일 뿐이었다. 로그인해야 만날 수 있는 그녀의 남편은 현실에는 존재하지 않았다. 그가 하는 말, 그가 약속한 애정, 그가 보여 주는 사랑의 표현은 모두 누군가가 입력한 가짜였다. 하지만 그는 지구상의 어떤 인간보다 그녀를 행복하게 해 주었다. 따라서 실재하지 않는다고 해서 없는 것 취급해도 괜찮다는 사내의 주장에는 동의할 수 없었다.

"그러면, 그 당신들이 만든다는 인공지능이 안드로이드 몸체에 얹어지면요? 그러면 몸도 있고, 감정도 있고, 생각도 하니까 진짜라 말할 수 있는 건가요?"

불편한 표정의 남색 정장은 억지로 입꼬리를 끌어 올렸다.

"하하, 사람 뇌를 에뮬레이팅하는 데 필요한 데이터만 500페타바이트라고요. 너무 커서 그냥 안드로이드에는 올릴 수도 없어요."

"지금이야 그렇겠죠? 그렇지만 언젠가는 가능할지 모르잖아요. 그리고 그 뭐냐? 드론처럼 인공지능이 무선으로 조정할 수도 있잖아요. 인간들처럼 로봇이라 해도 현실의 몸을 얻으면 진짜인가요? 그럼 진짜라고 할 수 있냐고요?"

"그게⋯⋯."

남색 정장은 갑자기 시계를 확인했다. 목소리 톤이 바뀌었다.

"공문을 보냈는지 확인해 봐야겠네요."

남색 정장이 의도적으로 말을 돌리고 있다는 건 그녀도 알 수 있었다. 생각해 보면 흥분해서 그에게 따져 물을 입장도 아니었다. 그녀는 뒤늦게 올라온 약발을 한탄했다. 약들이 제대로 약효를 발휘하면 그녀답지 않게 적극적으로 변했다. 그녀는 집에 가면 인공지능에게 물어서 이 조울의 파도가 밀려오게 하는 처방을 바꿔 새 약을 받아야겠다고 결심했다. 그사이 남색 정장은 로비 밖으로 나섰다. 그리고 주차장을 서성거리며 다시 누군가와 통화했다. 무언가 뜻대로 잘되지 않는 듯 남색 정장은 다시 인상을 쓰고 있었다.

그녀와 낙서에 빠진 사내만 남은 로비에서는 태블릿 유리에 전자 펜이 미끄러지는 소리만이 들렸다. 여전히 낙서광은 끊임없이 글을 쓰고 있었다. 그때 카운터에 놓인 그녀의 컴퓨터에서 띵 하는 알림음이 울렸다. 그녀는 모니터를 확인했다. 알레프였다. 알레프의 검색 기능이 드디어 낙서광의 낙서에 대한 답을 찾은 모양이었다. 너무 오래 걸려서 당황스러웠지만 답을 알게 된다고 생각하자 다시금 호기심이 동했다. 그녀는 창을 열어 내용을 확인했다. 보냈던 문서 파일엔 마치 첨삭을 한 것처럼 붉은 글씨로 각 부분에 대한 각주가 달려 있었다.

그녀는 어린 시절 가정교사 인공지능이 떠올랐다. 인공지능 가정교사는 늘 그녀가 쓴 작문에 저런 식의 첨삭을 했었다. 그녀가 자라는 동안 들었던 품의 8할은 보육 안드로이드가 해 주었고, 어린 시절 공부를 가르쳐 주었던 것 역시 인공지능이었으며, 심심하면 함께 놀아 주었던 것도 가상 세계의 NPC*였다. 넘어져 다쳤을 때 상처를 치료해 주고, 가까워진 남자아이와 처음 싸웠을 때 그녀의 눈물을 닦아 준 것도 바로 로봇이었던 것이다. 어쩌면 그 때문에 그토록 쉽게 가상 세계의 삶에 빠져들었는지도 몰랐다. 부모가 있었지만 마지막 노동력 세대였던 부모님은 일을 하느라 바쁜 탓에 그녀를 키우지 않았다.

사람들은 아주 쉽게 인공지능과 로봇들을 무시했다. 그저 인간이 만든 프로그래밍된 존재일 뿐이라는 것이었다.

---

* non-player character. 유저가 아닌 캐릭터, 게임이나 가상현실에서 사용자가 아닌 A.I가 조종하는 캐릭터를 말한다.

베어링 마모와 배터리의 방전, 인식 회로 쇼트로 더는 작동할 수 없게 된 보육 안드로이드가 처분되는 동안 그녀의 아버지는 우리가 산 것이고 더는 필요가 없으므로 폐기 처분하는 것이 당연하다는 걸 열두 살의 그녀에게 설명하려 했었다. 하지만 정말 이해하지 못했던 건 아버지였다. 아버지에게 절반의 유전자를 물려받았다는 것을 빼면 수거되어 폐기 처분될 로봇과 더 많은 추억이 있었다. 아버지보다 더 많은 것을 그녀에게 해 주었던 것이다.

그녀는 인공두뇌에 대한 남색 정장의 태도에서 같은 쓸쓸함을 느꼈다.

"선배를 모시고 가겠습니다."

어느새 통화를 마친 남색 정장은 로비에 들어와 있었다.

"공문하고 증빙서류는……."

"메일로 보냈답니다. 확인해 보세요."

그녀는 메일을 클릭했다. 열어 놓은 알레프 창 위에 메일 창이 떴다. 그가 일한다는 연구소에서 보낸 재직 증명서였다. 낙서광은 프로젝트1팀을 총괄하는 것으로 되어 있었고, 남색 정장은 조사/지원팀의 연구원이었다.

"이제 됐나요?"

"네, 태블릿에 퇴원 서류를 띄울 테니까 서명만 하시

면……."

태블릿을 찾으려 카운터 밑에 손을 뻗었을 때 그 자리에 있어야 할 것을 들고 사내가 낙서하고 있는 것이 보였다.

"아, 저기에 서명하셔야 하는데."

그녀는 낙서광이 들고 있는 태블릿을 가리켰다. 남색 정장은 인상을 찌푸렸다.

"여기 오기 전에는 어디에 낙서하고 있었죠?"

"경찰 태블릿에요. 가져가 버렸어요. 혹시 바꿔 들 만한 뭐 없으세요?"

"잠시만 기다리세요."

남색 정장은 또다시 로비 밖으로 나갔다. 그러고는 계속 누군가와 전화 통화를 하며 타고 왔던 수상한 차에 올라탔다. 그녀는 다시 모니터를 바라봤다. 알레프의 분석 글을 마저 읽기 시작했다.

알레프의 분석에 따르면 사내의 낙서는 에러 로그 부분과 관리 테이블이라는 것으로 나눠 구성되어 있었고, 어떤 이유에선지 연달아 연결 오류가 나고 있는 커다란 데이터베이스의 논리 회로 문제를 분석하고 기록하는 중이라는 것이었다. 즉 미친 남자는 어떤 프로그램의 에러가 발생한 원인과 그 이유를 쓰고 있다 했다. 프로그램에 대해 전혀 알지 못하는 그녀라도 초등학교 때 간단한 코딩 교육을 받은 적이 있었고, 따라서 에러 로그가 무엇인지 정도는 알고 있었다. 그녀는 고개를 들어 여전히 낙서에 열중하고 있는 낙서광을 바라보았다. 이해가 가지 않았다. 연구팀 팀장 정도라면 있지도 않은 프로그램의 에러 로그를 몇 시간씩 써 내려갈 수 있는 걸까? 어쩌면 가능할지도 몰랐다. 이 시대에 정식 직업을 가지고 있는 사람들은 인공지능이 부럽지 않은 천재들뿐이라고들 했으니까. 그때 그녀의 머리를 스치는 생각이 있었다.

인간처럼 생각한다는 인공지능이 정말 존재한다면 그에게 몸을 주지 않을 이유가 없었다. 500페타바이트의 용량이 너무 컸지만, 거대한 서버를 만들어 두고 무선으로 작동하게 하면 문제가 될 건 없었다. 사람처럼 보이고, 사람처럼 행동했지만, 인간의 뇌를 그대로 에뮬레이트했다고 남색 정장이 말하지 않았던가. 그녀는 무슨 일이 일어난 것인지 깨달았다. 그녀와 경찰이 미친 것처럼 보이는 저 남자를 사람으로 인식한 것도 너무나 당연했다. 안드로이드들은 도색된 피부를 가졌고, 그들은 결코 미치는 법이 없었으니까. 하지만 인간을 에뮬레이트한다면, 그런 인공지능이라 해도 미치는 것이 불가능하지 않았다. 더구나 불법이어서 그렇지 피부 재질 따위는 원한다면 얼마든지 인간처럼 바꾸는 것이 기술적으로 가능했다.

그녀는 반사적으로 카운터에서 일어났다. 거의 동시에 남색 정장이 로비에 들어왔다. 그는 그녀에게 표준형 전자 문서 태블릿을 내밀며 이렇게 말했다.

"자, 빨리 끝냅시다."

하지만 중요한 건 그게 아니었다.

"저 사람, 안드로이드죠?"

남색 정장은 알 수 없는 표정을 지었다. 슬픈 것도 같고, 조금 화가 난 것도 같았다. 그리고 요란한 소리가 났다. 남색 정장이 손에 들고 있던 태블릿을 바닥에 떨어뜨렸던 것이다. 그녀의 시선이 아래로 향하는 사이 남색 정장은 품에서 테이저를 꺼냈다. 노란색의 테이저 캡이 그녀를 향하고 있었다. 그녀의 눈에는 그 모든 것이 슬로모션처럼 보였다. 그녀는 반사적으로 카운터 아래 비상 버튼을 눌렀다. 그사이 창밖으로 보이는 주차된 남색 정장의 자동차에서는 같은 정장을 입은 다른 사람들이 뛰어내렸다. 그녀는 몸을 숙여 카운터 아래로 피하려 했지만 상체를 숙이기도 전에 두 개의 전극이 날아와 가슴에 박혔다. 번개를 맞은 것처럼 타는 듯한 고통이 가슴을 중심으로 몸 전체에 퍼졌다. 동시에 팔다리가 제멋대로 경련했다. 문이 열리며 뒤따라 들어오는 남색 정장 일행의 모습이 시야에서 갑자기 사라졌다. 그녀는 숨을 쉴 수 없었다.

천장에서 두 대의 경비 드론이 내려오는 모습이 눈에 보였다. 하지만 무슨 일이 일어났는지는 볼 수 없었다. 그녀의 고개는 경련을 하며 제멋대로 돌아갔고, 오직 먼지 하나 없이 깨끗한 대리석 바닥만이 선명하게 보였다.

"체험판은 여기까지입니다. 감사합니다."라고 적힌 글씨가 디졸브되고 있는 대리석 바닥 위로 깜빡였다.

그녀는 마인드 헬멧을 벗었다. 그리고 눈을 떴다. 무슨일이 일어난 것인지 이해하지 못해 멍하니 앉아 있었다. 아, 출근했었는데. 방 안이 너무 조용했다. 고개를 돌리자, 어두운 방 안에는 무중력 의자에 앉아 마인드 헬멧을 쓴 사람들이 목 높이의 칸막이를 사이에 두고 사방으로 가득 앉아 있었다. 포털방이었다. 그녀는 목 뒤의 전극을 때며 시간을 확인했다. 자정이었다. 출근했다고 생각했는데, 그것 역시 가상현실이었던 것일까? 그녀는 눈을 비비며 달력을 확인했다.

경계 혼돈 증후군은 흔한 가상현실 과몰입 증상 중 하나였다. 늘 그랬던 것처럼 오심이 가라앉길 기다린 후, 그녀는 갓난아이처럼 비틀거리며 화장실로 걸어갔다. 화장실 거울에 자신의 모습이 보였다. 초라한, 보잘것없는, 평소와 다를 바 없는 그녀였다. 다만 빡빡 민 자신의 머리가 낯설었다. 창백한 안색의 눈가에는 다크서클이 있었다. 그녀는 머리를 쓰다듬었다. 짧은 머리칼이 따가웠다. 세수를 한 그녀는 포털방 입구에 있는 냉장고를 열어 이계인 밀크를 꺼냈다. 그리고 데이터 밴드를 결제기에 댔다. 그 맛없는 음료를 마시며 그녀는 자리로 돌아갔다. 그리고 다시 전극을 목에 붙였다. 주먹을 쥐었다 폈다 해 보았다. 여전히 손의 감각은 고무 장갑을 낀 것처럼 둔했다. 현실감이 없었다. 현실이 무엇인지 알 수 없었지만, 리얼리티라는 게 느껴지지 않았다. 이 또한 가상현실이 아닐까? 마치 그녀가 아주 예전에 보았던 옛날 영화 「매트릭스」처럼 안드로이드에게 납치되어 거대한 가상현실 통속에 있는 것은 아닐까. 그녀는 미소 지었다. 그렇다 해도 구분할 방법은 없었다. 어쩌면 가상현실 속 얼굴이라 믿었던 아름다운 얼굴이 진짜는 아닐까. 현실의 나는 좀 더 멋지고 이건 그저 가장 어려운 난이도로 설정한 불행한 가상일 뿐이야.

그녀도 알고 있었다. 이런 상상이 처음도 아니고, 마지막도 아니었다. 한 인간이 천국을 말한 이후, 한 철학자가 이데아를 처음 떠올린 이후 사람들의 상상 속에서 계속된 이야기였다.

아무래도 상관없지.

그녀는 마인드 헬멧을 썼다. 선택할 수 있는 몇 개의 가상 세계가 새로 나온 가상 세계와 함께 리스트에 올라왔다. 이계로 떠날 시간이었다. 익숙한 시동음과 함께 그녀의 의식은 천천히 가라앉았다.

지도에 대한 열정[17]

이 두루마리는 보존 서고에서 발견된 수아레스 미란다의 「조심성 많은 남자의 여행」[18] 필사본 4권 16장에 끼여 있던 양피지로 제국의 직인이 찍혀 있었습니다. 내용은 해당 책의 본문과 관련 있을 것으로 보입니다. 이하 텍스트는 알레프로 운송 예정입니다.

하해와 같은 황제 폐하의 성은에 감사드리며 제국의 무궁한 번영과 황제 폐하의 만수무강을 기원하며.

폐하의 명을 받잡고 수도에서 떠나온 이래 미천한 종 복들은 폐하의 명에 따라 남서부의 거대한 황무지에 자리를 잡았습니다. 이 땅은 남동부의 거대한 산맥으로부터 마르고 건조한 바람이 불어오는 탓에 제국만큼이나 거대한 사막이 됐습니다. 하지만 저희 지도 제작자들은 이곳에서 마른 강과 호수였을 것으로 추정되는 분지를 발견했습니다. 혹자는 과거 풍요로웠던 이 땅이 황폐해진 것은 이곳을 차지하고 있던 무도한 야만인 무리들이 신의 저주를 받은 탓이라 했습니다. 저희는 선대 황제 폐하께서 내리시고 300년째 지켜 온 봉금(封禁)의 명령 이후 처음 이 땅에 발을 디뎠습니다. 그리고 학회에 봉인되었던 과거의 지도를 따라 3000마리 낙타와 7만 마리의 양을 끌고 황무지 중심의 오아시스에 자리 잡았습니다. 저희가 폐하의 명을 이행하기 위해 이곳까지 온 이유는 제국과 같은 크기의 지도를 갖기 위해서는 제국의 영토와 같은 길이의 땅이 필요했기 때문입니다.

일찍이 선대 황제께서 무도하고 포학한 야만인 무리를 정벌하시고, 양 한 마리, 염소 한 마리 남기지 않으셨습니다. 그리고 이 땅을 봉금 지역으로 선포하시고 누구도 살 수 없는 무인 지대로 남기셨습니다.

이 땅을 놓고 몇몇 학자들의 논쟁이 있었음을 미리 밝히지 않을 수 없습니다. 어떤 이들은 이곳이 제국의 영토이므로 이곳을 지도에 포함해야 한다 했고, 또 다른 이들은 이곳을 정벌했을 뿐 영주하지 않았으므로 지도에 그려지지 않는 것이 관례라 했습니다.

이것은 단순한 문제가 아니었습니다. 이곳을 영토라 하면 황무지 끝에 있다는 해안선을 그려야 했지만, 우리 세대 지도 제작자들 중 누구도 그 땅에 가 본 이가 없기 때문입니다. 오직 봉금령이 선포되기 이전, 지도학자 학회의 첫 원장만이 이곳을 답사해 기록을 남겼을 뿐입니다. 긴 논쟁은 좀처럼 결론을 내지 못했지만 우리 지도학자들은 학자이기 이전에 실무자들입니다. 쓸모없는 논쟁은 뒤로 미룬 채 일단 지도 제작에 착수하기로 했습니다.

열두 지도 학교의 교수들과 1024명의 지도조합 측량사들이 이곳에 모여 어떻게 지도를 만들 것인가 논의했습니다. 몇몇 불경한 논리학자와 무도한 기호학자들은 무엄하게도 폐하의 명령을 불가능한 것이라 주장했습니다.* 왕국과 완벽히 일치하는 지도는 논리적으로 불가능하므로 신의 섭리에 따라 만들 수 없다는 것이었습니다. 그것은 지도에 무지한 자들의 소견일 뿐입니다.

지도 학교는 이미 1:1 축척의 지도를 만드는 법에 관

---

* 움베르토 에코는 그의 에세이 『세상의 바보들에게 웃으면서 화내는 방법』의 「제국의 현척 지도를 만드는 것의 불가능성에 대하여」에서 보르헤스의 작품 속 지도 제작의 불가능성을 논했다.

한 다양한 방법을 체득하고 있었고, 그중 하나는 바로 끊임없이 말리는 뫼비우스 띠 형태의 두루마리 지도입니다. 이 지도는 오직 왕국의 가장 긴 가로 면의 크기만으로도 왕국의 정확한 무축척 지도를 만들 수 있습니다. 물론 감기는 지도의 롤이 왕국의 가장 높은 산보다 높았으므로 사실상 두 개의 산봉우리를 만드는 것이나 다름없었습니다. 제국의 신관들은 이러한 높은 구조물을 건설하는 일이 황제 폐하에 대한 불경이 될 수 있다며 우리를 위협했습니다. 다행히 세상의 모든 지혜를 가지시고, 복락을 누리시는 폐하께서 자신의 머리 위에 구름이 있고, 별과 하늘이 있으며, 심지어 궁전의 지붕조차 자신의 머리 위에 있다 말씀해 주셨습니다. 산이 자신보다 높은 것이 불경한 일이 될 수 없는 것처럼 지도의 높이가 궁전보다 높다 한들 그것은 불경이 될 수 없다 선언함으로써 이단 심문관과 제국의 신관들의 손에서 우리를 구원해 주셨습니다.

　황제여, 천복을 누리소서. 황제폐하 만만세.

　바닷가의 모래만큼이나 많은 대장장이들과 한겨울에 내리는 눈만큼 많은 건축가들이 밤하늘의 별만큼이나 많은 제국 각지에서 징집한 노예들의 손을 빌려 지도를 걸 수 있는 거대한 롤을 완성했을 때 소인이 얼마나 기뻤는지 이루 말로 형언할 수 없습니다. 사막의 밤기운이 폐에 침습한 탓에 병으로 자리보전하고 있었음에도 기쁨에 병석을 박차고 나와 황무지의 끝에서도 분명히 보이는 지도를 위한 걸개를 확인했습니다. 그것은 천궁에 걸린 거대한 수레바퀴 같았습니다.

물론 폐하께서 더 잘 아시겠지만, 뫼비우스 띠 형태의 지도를 만드는 것은 결국 불가했습니다. 수학자이자 철학자인 동시에 황국을 관리하는 재상이 제국의 모든 양과 앞으로 300년간 태어날 모든 양을 도축한다 해도 제국 전체를 덮는 양피지를 만들 수 없다고 밝혔기 때문이었습니다. 그뿐만 아니라 7국의 바다를 오가는 모든 상인들의 염료를 거둬들여 화공들에게 모두 준다 해도 그것으로 제국 전체를 그릴 물감은 만들 수 없으며, 대륙의 모든 코끼리와 마소를 동원해도 걸개에 걸린 제국의 지도를 회전시킬 방법이 없다 했습니다. 만약 불경한 논리학자와 기호학자들을 미리 처형시키지 않았다면, 그들은 재상의 말을 빌려 자신들이 옳았다며 황제 폐하의 영을 비난했을 터입니다. 다행히 그들은 사막의 모래 아래 있고 저희 지도 제작자들은 쉬이 포기하지 않았습니다. 보잘것없는 저희들은 지엄하고 위대하신 황제의 명을 수행하기 위해 존재하므로 그것을 실현할 수 없으면 살아갈 이유가 없는 것입니다.

저는 우연히 지도를 그리러 온 화공이 검은 방에 뚫린 구멍으로 투사된 풍경을 베껴 그림을 그리는 것을 발견했습니다. 그는 그것을 카메라 옵스쿠라*라 불렀습니다. 우리는 이미 제국에서 가장 높은 걸개를 연결해 더 높이 올렸습니다. 마치 고대인들에게 신벌을 내렸다는 거대한 탑에 버금갈 만큼, 구름보다 높게, 하늘에 닿을 듯, 폐하의 무궁한 영광만큼이나 높은 탑을 쌓았습니다. 그리하여 제국의 영토 어디에서도 저희가 만든 지도 탑을 볼 수 있게 되었습니다.

그리고 왕궁의 가장 큰 홀보다 더 크고, 왕궁의 가장 큰 마구간보다 더 거대한 카메라 옵스쿠라를 만들었습니다. 동쪽의 속국에서 유리공들을 차출해 축척을 조정할 수 있는, 범선 돛보다 큰 렌즈들을 만들어 그 앞에 달았고 폐하께서 보내 주신 3000필의 무명으로 스크린을 만들었습니다. 이제 낮이면 어디든 제국의 영토를 1:1로 투사할 수 있는 방이 완성된 것입니다. 이곳에 비친 지도는 실재

---

* 어두운 방이란 뜻의 광학 장치. 스크린에 맺히는 상으로 그림을 그리기 위한 도구이다. 카메라나 눈의 원리와 동일한 광학적 원리를 가지고 있는데, 아리스토텔레스나 유클리드, 묵자에게서도 관련 기록을 찾아볼 수 있을 정도로 기원이 오래된 장치이다.

의 상 자체이기에 즉각적으로 모든 상황을 반영할 수 있고, 제국만큼 거대하지 않으면서도 제국 전체를 볼 수 있으며, 동시에 1:1 크기로 그 상을 볼 수도 있습니다. 이것은 폐하께서 명한, 제국의 모습을 현척으로 반영하는 지도인 것입니다.

소인, 비로소 황제 폐하의 명을 받들 수 있게 되어 기쁘기 한량없습니다. 노구의 머리에도 어느새 하얗게 서리가 내렸고, 황무지에 다시 만든 제국의 가도에도 잡풀이 무성합니다. 제국을 다스리시는 격무에 밤낮이 없는 폐하께서 명하신 이 위대한 지도를 직접 볼 수 없음이 신은 마음 깊이 안타까울 뿐입니다.

이곳 카메라 옵스쿠라에서는 가장 먼 북방의 섬에서부터 가장 가까운 황무지의 관문까지 제국의 영토가 끊임없이 투사되고 있습니다. 황제 폐하가 계신 왕궁의 모습도 그대로 보입니다. 이곳에서나마 늠름하신 폐하의 용안을 뵈니 소인 감개가 무량합니다.

이제 이 노구의 다리는 카메라 옵스쿠라에서 내려가는 긴 나선 계단을 내려갈 만한 힘도 없습니다. 나선 계단엔 구름이 머물고 삭풍이 불어옵니다. 이 늙은 신하의 가족이나 친우들도 오직 카메라 옵스쿠라의 명멸하는 상으로 남아 있을 뿐입니다. 제국은 이제 현척의 상이지만 제 손에는 결코 닿을 수 없는 먼빛입니다.

　다만 이 신하는 마지막 숨이 남아 있는 한 늙은 몸을 이끌고 이 왕국의 지도를 지킬 것입니다. 지도야말로 지배의 증거이기 때문입니다.

　만세의 복록과 무한한 장수를 누리시기 바라며.

　폐하의 충복이.

스트럭처

"오늘 인간은 드디어 신의 영역에 도달했습니다."

멋진 정장을 빼입은 이사장의 연설은 이렇게 시작되었다. 모 경제지에서 발표하는 '가장 섹시한 CEO'를 놓치지 않는 사람답게 목소리에는 자신감과 힘이 넘쳤다. 그것은 과장 없는 수사였다. 우리가 하는 실험은 빅뱅 직후를 재현하는 것이었으니까. 빅뱅 직후, 우주는 10의 -36승 초에서 10의 -34승 초 사이에 거의 균일한 상태로 빛보다 빠른 속도로 갑작스럽게 팽창했다. 이유는 알 수 없다. 다만 이런 과정이 없었다면 우주가 그토록 균일한 상태인 것에 대한 설명이 되지 않는다. 이상하게 들리겠지만, 우주는 거시적으로 매우 균일한 편이다. 은하단을 기준으로 중심을 찾을 수도 없고, 외곽이 존재하지도 않는다. 변경에 은하나 별이 드물다든가 하는 일도 없다. 은하와 별 들은 우주 전체에 그물망 형태로 골고루 흩어져 있다. 과학자들은 이걸 중심 없는 균일한 팽창이라 부른다. 그리고 이 현상을 인플레이션이라 칭하고 있다. 그 원인을 밝히는 것이 우리 실험의 목표였다. 실험이 성공한다면 공간을 팽창시키는 것으로 알려져 있는 미지의 암흑 에너지에 대해 알 수 있다. 그뿐만 아니라 지금까지 알려진 네 가지 힘 — 강력, 약력, 전자기력, 중력이 분화된 원인과 그것들을 하나로 만들 수 있는 궁극의 꿈인 통일장 이론을 찾아낼 수 있을지도 몰랐다. 그러면 물리학이란 학문의 완성도 결코 꿈이 아니었다.

그런 중요한 실험을 앞두고 전화가 온 것은 파트별로 마지막 점검을 하고 있을 때였다.

"엄마!"

"왜?"

"나 또 싸웠어."

어린이집에 있는 남자애 이야기였다. 요즘 아이의 가장 큰 고민이었다. 남자애 하나가 아이를 따라다니며 괴롭힌다 했다.

"선생님께 말했어?"

"응. 근데 선생님은 싸우지 말라고만 해."

이 문제로 선생님과 이야기한 적도 있었다. 남자애는 우리 애를 좋아하고 있고, 그래서 귀찮을 정도로 따라다닌다 했다. 그러면 우리 애가 짜증을 부렸고 그게 결국 싸움으로 이어지는 터라 선생님 입장에서도 할 수 있는 게 많지 않다고 하소연했다. 그렇다. 사람 마음이야말로 마음대로 되지 않는 것이니까.

"엄마가 집에 가는 길에 그 애랑 한번 이야기해 볼게."

"지금 오면 안 돼?"

중계 중인 화면 속에서 부소장이 당장 전화를 끊으라는 수신호를 보냈다. 통제실부터 소장실 그리고 연구팀 휴게실과 주조정실까지 모두 쌍방 생중계 중이었다. 이사장부터 말단 직원까지 연구소에서 일하는 거의 모든 직원이 전화 통화하는 내 모습을 보고 있으리라.

"미안, 엄마가 중요하고 급한 일이 있어서."

"엄마아아아!"

아이가 울먹였다. 하지만 어쩔 수 없었다. 우주 탄생을 재현하려는 이 순간, 아이의 기분 같은 것은 정말이지 사소한 것이니까.

"끊어. 미안해. 사랑해."

모니터를 바라보며 일하는 척 고개를 숙였지만 얼굴이 화끈거렸다. 아이 핑계로 좋은 자리만 꿰찼다는 세간의 평을 나도 알고 있었다. 인공자궁을 쓰지 않을 때부터 다른 여자 과학자들에게 유난 떤다는 소리를 들었다. 인공자궁은 여자들을 임신으로부터 해방시켜 준 여성 인권을 위한 금세기 최고의 발명품이라는 평을 듣는 물건이었다. 그걸 두고 직접 임신을 한다고 할 때부터 반여성적이라든가, 시대착오적이라든가, 원시적이라는 소리까지 들었다. 그래도 아이 보육을 직접 한다고 했을 때 먹었던 욕에 비하면 자연 임신 때 들었던 소리들은 양호한 편이었다. 사람들은 내가 지난 시대와 같은 방식으로 아이를 키우려 하는 이유가 아이를 인질로 이미 사문화된 육아 제도의 혜택을 받으려는 꼼수라 믿었다.

다시 전화가 울렸다. 서둘러 전화기를 껐다. 그사이 각 조정실의 담당들은 점검 보고를 이어 갔다. 내 차례가 됐다. 나는 800개나 되는 레이저 총의 미세 조정을 담당하고 있었지만 할 말은 딱 하나였다.

"장비 진단 결과 이상 없습니다."

이 한마디가 프로젝트에서 내 위상을 보여 주는 것만 같았다. 명색이 팀장이었지만 하는 일은 일개 오퍼레이터와 다를 바 없었으니까.

인플레이션 실험을 하려 할 때 가장 큰 문제는 빅뱅 직후의 뜨거운 우주를 어떻게 재현할 것인가 하는 것이었다. 인플레이션 당시의 우주를 재현하는 일은 물질 탄생 이전의 순수 에너지로 이뤄진 뜨거운 상태를 만드는 것이기 때문이다. 이때 온도는 대략 1.4×10^{32}승 켈빈 정도로, 우리의 물리학이 성립할 수 있는 가장 뜨거운 온도이다.[19] 태양의 표면 온도가 5777켈빈이니까 우리의 목표 온도에 비하면 태양은 차가운 얼음장이나 마찬가지였다.

다행히도 인류는 온도를 높이는 데 나름대로 소질이 있다. 지금까지 높은 에너지 상태를 재현하기 위해 과학자들이 사용한 방법은 입자가속기였다. 두 개의 양성자를 커다란 전자석에 넣고 가속해 광속에 근접한 속도로 충돌시키는 것이다. LHC란 거대 강입자 충돌기가 스위스 제네바에 있다. 둘레 길이 27킬로미터에 달하는 이 전자석은 양성자를 14테라볼트로 가속해 충돌시킬 수 있었다. 아주 찰나의 순간 원자 크기의 공간에서 일어나는 일일 뿐이지만 이 순간 충돌 지점의 온도는 우주에서 가장 뜨거운 별보다도 뜨겁다. 덕분에 빅뱅 직후의 100만분의 1초의 우주 상태를 강입자 가속기로 재현해 낼 수 있었다.

그럼에도 10^{-36}승 초와 100만분의 1초의 차이는 너무 커서 그 정도 에너지 준위로는 기껏해야 강입자들을 탐색할 수 있을 뿐이었다. 이것은 입자 가속 방식 자체의 한계이기도 했다. 어떤 입자든 광속에 근접할수록 상대성 이론에 따라 질량이 증가한다. 따라서 입자 가속기 속의 양성자가 빠르면 빠를수록 속도를 늘리기 위해서는 보다 큰 가속기와 더더욱 큰 에너지가 필요했다. 그 증가량은 기하급수적이어서 우리가 원하는 수준의 탐색을 대충이라도 하기 위해서는 지구를 도는 달의 궤도 크기의 입자 가속기가 있어야 했다. 만약 정확하게 플랑크 상수에 근접한 영역을 측정하려면 명왕성 궤도 크기의 입자가속기가 필요했다.

한마디로 인플레이션 상태를 재현하는 것은 기존의 입자가속기로는 불가능한 것이다. 우리는 이 문제의 답을 핵융합에서 찾았다.

핵융합이 실용화되는 데 있어서 가장 큰 문제는 이 현상이 약 1억 도의 온도에서 일어난다는 점이다. 원자의 온도가 올라가면 에너지 준위가 높아진 전자들이 떨어져 나가기 시작하고, 원자핵들은 날뛰기 시작한다. 이 현상을 플라스마라 하는데, 플라스마가 된 원자핵들이 사방으로 충돌하면 하나의 핵으로 융합한다. 이 과정에서 손실되는 질량만큼의 에너지가 방출되고 이를 핵융합이라 부르는 것이다. 이 간단한 과정이 실용화될 수 없었던 건 1억

도나 되는 수소의 플라스마를 가둬 둘 용기가 없기 때문이다.

과학자들은 대략 두 가지 방법에서 답을 찾았는데, 하나는 자기장을 이용해 허공에 플라스마를 띄워 두는 것이었고, 다른 하나는 강력한 레이저를 모든 방향에서 쏘아 에너지를 응축시키는 것이었다. 결론적으로 말하자면 ITER[20]라 불리는 유럽에서 건설된 자기장을 이용한 핵융합이 첫 상업 발전에 성공했다. 그리고 그 결과 관성 가둠이라 불리는 후자의 방법은 과학자들과 사람들의 기억 속에서 서서히 잊혔다. 우리는 이 방법을 재활용하기로 했다. 어쨌든 극도로 작은 공간에 에너지를 집중하기 위해 설계된 장비였으니까. 과거, 세계 최대의 레이저 총이라 불리던 이 설비를 떼어다가 정밀도와 출력을 향상시킨 후, 연료를 넣는 펠릿에 중수소 대신 반물질을 넣을 계획이었다. 그리고 이 반물질이 소멸하며 발생하는 에너지를 고출력 레이저의 관성압에 가둬 지극히 작은, 대략 지름 1나노미터 정도의 공간에 반물질의 소멸 에너지를 집중시키는 것이 우리의 목표였다.

마침내 최종 점검이 끝나자 카운트다운의 마지막 단계에 돌입했다. 마지막 단계에서 할 일은 에러 메시지가 뜨지 않을까, 모니터를 노려보는 일뿐이었다. 800개의 레이저 총에는 모두 녹색 등이 켜져 있었다.

아이는 아직도 울고 있을까?

아이는 날 닮아서 고집이 셌다. 일단 울기 시작하면 달래기 힘들었다. 어쩌면 사람들의 조언처럼 울지 않는 유순한 아이로 유전자 조작을 해야 했는지도 몰랐다. 하긴 아이를 임신하고 낳고 키우는 것까지, 내가 했던 일 중 미련하다는 소릴 듣지 않은 짓은 없었다.

"팀장님?"

화들짝 놀라 고개를 들었다.

"어."

"이제 시작합니다."

집중해야 했다. 우주의 탄생을 재현할 순간이었다. 모든 것의 시작을 재현하는 이 순간을 육아에 대한 후회로 놓칠 수는 없었다. 팀원들은 챔버의 상황을 비추는 모니터 앞에 옹기종기 모여 있었다. 인공지능의 낭랑한 카운트가 들리는 가운데 통제실 화면에서는 안전 패널을 들어 올린 연구소장이 보였다. 그는 초조한 듯 잠시 마른 침을 삼켰다.

"3, 2, 1, 0."

"빛이 있으라!"

연구소장은 감개무량한 표정으로 붉은 스위치를 눌렀다. 유치했지만 그답다는 생각을 했다. 동시에 레이저 챔버에서 웅 하는 소음과 함께 연구소 전체가 진동했다.

이내 화면이 환하게 빛났다. 너무나 찬란하게 빛나서 모든 것이 하얗게 보일 지경이었다.

관성 가둠 핵융합이 실패할 수밖에 없었던 것은 모든 방향에서 동일한 힘으로 레이저를 조사하는 것이 생각 이상으로 어렵기 때문이다. 레이저 빔 중 단 하나라도 균형이 깨지면 그쪽으로 압력이 집중되며 에너지가 빠져 나간다. 실제로 핵융합을 실험하던 당시에는 500조 와트의 레이저를 1조분의 3초 간격으로 2밀리미터 펠릿을 조사해 플라스마 상태를 유지하려 했었다. 몇 차례 일종의 핵융합이 일어나긴 했었다. 그러나 임계 시간 이상 유지하지 못한 탓에 의미 있는 결과를 얻지 못했다.

어찌 보면 우리의 시도 역시 예정된 실패로 보일지도 모르겠다. 1억 도에도 도달하지 못한 실험을 가지고 플랑크 온도에 도달하려 하고 있으니까. 하지만 우리에겐 몇 가지 유리한 점이 있었다. 레이저 관련한 기술들이 이전보다 발전해 있었기에 총들의 정밀도와 세기를 비약적으로 향상시킬 수 있었다. 그뿐만 아니라 우리의 목표는 핵융합처럼 플라스마를 유지시키는 것이 아니었다. 그저 물질과 반물질이 소멸하는 순간 발생하는 에너지를 아주 잠깐 동안 지극히 작은 공간에 붙들어 두면 충분했다. 10의 -34승 초만 일치해도 최초의 우주를 재현할 수 있었다. 얼마나 짧은 순간인지 레이저 챔버에서 스파이크가 일었다, 라고 보는 사람이 인식하기도 전에 끝날 실험이었다. 이것은 비유가 아니다. 실험실에서 물질과 반물질의 쌍소멸 순간 튀어 나온 광자가 카메라의 수광부에 도착하고, 그것이 전선을 따라 다시 모니터에서 송출되는 데는 대략 8나노초의 지연이 생긴다. 심지어 눈앞에서 실험을 본다 해도 ─ 이 경우 챔버에서 방출되는 감마선에 목숨을 잃겠지만 ─ 시신경에서 뇌에 해당 정보가 전달되는 시점에 챔버 안에서의 쌍소멸은 끝날 터였다. 준비하는 데 걸린 9년이란 시간이 우스울 정도로 찰나에 끝났어야 할 실험이었다.

그런데 무언가 잘못되었다. 화면은 카메라의 감도를 넘어선 빛으로 온통 하얗게 빛나고 있었다.

출렁.

뒤이어 무언가 요동치는 느낌이 들었다. 당황해 주변을 살폈지만 실제로 움직인 것은 아무것도 없었다. 모니터에서는 여전히 기계의 정상 작동을 알리는 초록색 아이콘들이 번쩍이고 있었다. 나도 모르게 탄식이 튀어나왔다. 계기판이 옳다면 레이저 총들이 여전히 작동하고 있었으니까. 그리고 그게 문제였다.

챔버에 있는 레이저 총의 출력은 구성하는 분자가 버틸 수 있는 한도 내에서 최대한의 에너지를 낼 수 있도록 설계했다. 따라서 1초 이상 광선을 조사할 경우 먼저 회로부터 과부하로 배선이 타 버릴 터였다. 물론 우리는 이에 대비해 안전장치를 만들었다. 10분의 1초 이상 조사할 경우 레이저 총 내부의 회로는 자동으로 전원을 끊었다. 너무 짧게 느껴지겠지만 실험을 위해서는 1억분의 1초만 제대로 작동해도 충분했으므로 매우 넉넉한 설계였던 셈이다. 따라서 총이 타든, 안전장치가 작동하든, 어떤 경우에도 레이저 총들은 1초 이상 작동할 수 없었다. 그런데 모니터의 수치들이 옳다면 레이저는 아직도 나오고 있었다. 계기판의 경고를 보고 계속 작동하는 걸 인식하는 그 시간만으로도 이미 장비들은 작동 한계를 넘어서 있었다. 그뿐만 아니라 이 레이저 총의 순간 출력은 순간 전력이지만 동 시간 전 세계에서 소비하고 있는 전력량에 맞먹었다. 연구소에서 동원할 수 있는 모든 에너지를 합해도 저 레이저 총들을 1초 이상 작동할 수는 없었다. 이것은 기적 혹은 열역학법칙에 명백히 어긋나는 일이었다.

욕이 튀어나왔다. 그러나 욕의 첫 음절이 입 밖으로 나가지도 못했다. 갑작스레 모든 것이 한쪽으로 끌려갔으니까. 이번엔 기분 탓이 아니었다. 나를 포함한 조종실에 있는 모든 사람들이 일제히 쓰러졌다. 파열음과 함께 등이 꺼졌고, 콘솔들에서는 일제히 스파크가 튀었다. 쏟아지는 불꽃에 나는 눈을 질끈 감았다. 아이의 얼굴이 떠올랐다.

"아이를 직접 키운다고 이런 일을 맡기는 겁니까? 이건 차별입니다!"

이사장은 인상을 찌푸렸다. 비쿠냐 원단의 정장을 입은 채 의자에 앉아 있는 그는 인터뷰 동영상에서는 보지 못하던 표정을 짓고 있었다. 이사장의 집무실은 거대했고, 고요했다. 어찌나 조용했던지 목소리가 벽에 부딪혀 되돌아오는 반향까지 선명하게 들렸다.

"차별이라니요. 이 실험의 성패는 팀장님이 담당하실 레이저의 조정에 달려 있습니다."

"……그렇지만 그건 아무나 할 수 있는 거잖아요. 제가 아니어도 누구나 할 수 있는 거잖아요."

이사장의 호출을 받았을 땐 나름대로 기대에 차 있었다. 자신감이 넘치는 말투, 거침없는 태도. 훌륭한 매너, 놀라운 비전까지 인터뷰 동영상 속 이사장의 모습은 마치 초인처럼 보였다. 존경까지는 하지 않았지만 부러운 사람이었다. 성공의 아이콘 같은 존재였고, 그야말로 천재였으니까. 하지만 궁금하긴 했다. 왜 날 부를까? 직함은 이사장이었지만 연구소를 실질적으로 운영하고 있다는 건 이곳에서 일하는 사람이라면 누구나 알고 있었다. 다만 일개 실무자인 내가 그를 만날 일은 없었다. 기대에 차 찾아간 그의 방에서 내가 들어야 했던 것은 부당한 인사 배정을 하겠다는 통보였다.

"누구나 할 수 있다고 아무에게나 맡길 일은 아니죠."

그가 제안한 보직은 800개의 레이저 총의 각도와 출력을 동일하게 맞추는 조정팀 팀장이었다. 물론 중요한 일이었다. 그러나 그것은 과학자라기보다는 기술자에 가까운 업무였다. 창의적인 사고도, 어떤 대단한 능력도 필요 없는 그저 단순 반복 작업이었다. 출력을 확인하고, 미세 조정을 하고, 각도를 잡고, 재측정하고, 미세 조정하고, 다시 재측정하고, 미세 조정하고…… 800개의 레이저 총이 완벽히 정렬될 때까지 끊임없이 반복될 뿐이었다.

다니던 대학의 조교수직도 버리고 온 자리였다. 물론 여전히 강의는 하고 있었지만, 과에서 밀려나 받은 수업이라곤 비전공 학생들을 위한 교양 강좌뿐이었다. 그렇다고 이곳에 와서 실적을 안 낸 것도 아니었다. 반물질을 소멸시킬 챔버 형태는 결국 내 제안을 따라서 설계한 것이었다. 그렇게 몇 년을 헌신했는데 아이가 생겼다는 이유로 고작 이런 일을 하고 싶진 않았다.

"이사장님은 잘 모르시겠지만, 제가 챔버를……."

"압니다. 현재 챔버 구조를 제안하셨다는 거. 그러니 챔버에 레이저 총을 설치하기에 가장 적합한 분이시죠. 그리고 아이를 직접 보육하신다면서요. 이쪽 업무가 그나마 안정적인 출퇴근을 하실 수 있을 겁니다."

임신했을 때 사람들은 의도를 의심했다. 그런 소리가 듣기 싫어서 산달까지 연구소를 지켰다. 출산 휴가를 사용하긴 했지만 그것으로 연구소 일정에 누를 끼치지도 않았다. 물론 다른 사람이라면 인공자궁에서 배양한 아이를 퇴근길에 데려다 보육 안드로이드 손에 맡기고 키웠을 터였다. 그러면 이웃들도 아이가 존재하는지조차 모르게 키울 수 있었다. 하지만 나는 옛날처럼 출산과 육아를 직접 해 보고 싶었다. 지금은 가난한 제3세계 빈민들이나 직접 아이를 낳았고, 미개한 행위로 지탄받는 자연출산이지만 내게는 중요한 의미가 있었다. 바로 내가 인공자궁 출산 첫 세대였기 때문이다.

"더 열심히 하라면 하겠습니다. 이 시기에 제가 조정 팀장이 되는 건 납득할 수 없습니다."

"납득을 원하는 게 아닙니다. 명령을 하는 거죠. 제 명령입니다."

이사장은 특유의 내려다보는 듯한 시선으로 이렇게 말했다. 그 눈빛을 보는 순간 직접 부른 이유를 깨달았다. 이 발령을 인사 담당자로부터 들었다면 나는 납득하지 못했을 것이다. 실험에서 내가 엄청나게 중요한 사람은 아니었지만 문제를 일으키고자 한다면 연구소를 괴롭게 할 수는 있었다. 그러니 이사장이 직접 날 만나서 찍어 누르려 한 것이다. 순순히 물러설 순 없었다. 적어도 이 부당한 발령의 이유 정도는 알고 싶었다. 나는 어금니를 꽉 깨물었다. 설사 그만두는 한이 있더라도 싸워야 했다.

"아니요. 그럴 순 없습니다. 적어도……."

"조정팀을 맡아 주시면 나오게 될 이번 실험의 논문 공저자들 중 가장 앞에 이름을 올려 드리죠."

입 밖으로 나오려던 거절의 단어가 멈칫, 되넘어갔다. 성공한다면 역사에 남을 실험이었다. 그 실험의 공저자 명단에서 가장 앞자리라면 여느 대학 종신교수직도 꿈만은 아니었다. 이사장은 그럴 줄 알았다는 듯 피식 웃었다.

"이유가 중요하다면 중요한 작업이라 맡기는 걸로 해 두죠."

"하지만……."

"모르시겠습니까? 이건 정말 중요한 실험입니다. 저에게나 인류에게나 위대한 진보죠. 이 중요성은 박사님도 잘 아시지 않습니까. 저로서는 최대한 리스크를 줄이는 방향으로 인원들을 배치할 수밖에요."

나는 한숨을 쉬었다. 이사장의 의지는 확고해 보였다. 그의 제안을 거부할 경우 내게 남은 선택은 이곳에서 했던 기여와 챔버의 구조를 제안했던 직무발명의 보상 문제를 놓고 연구소와 법정 다툼을 하는 정도였다. 이사장은 그런 일이 벌어진다 해도 상관없다는 표정이었다. 이긴다 해도 남는 것 없을 소송 끝에 내가 받을 보상금 정도야 그에게는 푼돈이겠지. 동시에 나는 인류의 가장 위대한 실험에서 철저히 배제된 채 내가 기여했던 모든 것은 흔적도 없이 말끔히 지워져 없던 사람이 될 터였다. 왜 그가 직접 자신의 집무실로 불렀는지 깨달았다. 그는 이 싸움에서 잃을 것이 없는 사람이었고, 그것을 직접 내 눈으로 확인하게 하는 것이 이 협상에서 그가 제시할 수 있는 가장 강력한 카드였던 것이다.

"그러면…… 그렇게 알겠습니다."

악수를 하고 자리에서 일어났다. 성공하면 역사에 남을 가장 앞자리를 예약한 셈이었다. 기쁜 일이었지만 이상할 정도로 마음이 가라앉았다. 화장실에서 손을 씻다가 뒤늦게 그 이유를 깨달았다. 무언가로 머리를 얻어맞은 것처럼 순간적으로 머릿속이 멍했다. 그리고 뒤이어 맹렬한 분노가 치밀어 올랐다. 이사장은 아이가 우리 실험의 리스크라 말한 격이었으니까. 이제 와 화를 낼 수도 없었다. 끓어오르는 속으로, 그저 자리로 돌아와 아무 일도 없던 것처럼 하던 일을 하는 수밖에.

눈을 뜨자 거대한 균열과 함께 금이 간 패널이 시멘트 조각들과 함께 눈앞으로 쏟아지고 있었다. 나는 반사적으로 몸을 돌려 벽에 붙었다. 방금 전까지 누워 있던 자리로 천장의 골조들이 폭포처럼 쏟아졌다. 동시에 뿌연 흙먼지가 밀려왔다. 순식간에 눈앞이 깜깜해졌다. 간헐적인 붕괴음이 완전히 그치고 나서도 흙먼지는 한참이나 가라앉지 않았다. 시계형 데이터 밴드의 LED 빛을 비추자 뿌연 부유 먼지 사이로 무너진 천장과 내력벽 그리고 찌그러진 설비 콘솔이 시야에 들어왔다. 천장은 무너져 내렸지만, 내력벽은 충격을 견뎌 냈고, 무너진 천장을 설비 콘솔이 버텨 준 것이다. 몸을 굴려 피하는 게 조금만 늦었다면 그대로 무너진 천장에 깔렸을 터였다. 나는 다른 이들의 이름을 불러 보았다. 아무 답이 없었다. 다시 이름을 불렀다. 누구도 답하지 않았다. 이 침묵의 의미를 깨닫자 울컥 눈물이 쏟아졌다. 나는 몇 번이나 더 팀원들의 이름을 부르고 다시 불렀다. 그러나 아무런 응답이 없었다. 머릿속이 하얗게 변했다. 데이터 밴드에 켜졌던 LED 불빛이 절전 모드로 꺼졌다. 덜컥 겁이 났다. 이대로 무너진 구조물에 갇혀 다른 팀원들처럼 죽을 게 틀림없다는 확신에 사로잡혔다. 온몸이 떨렸다. 제대로 숨을 쉴 수 없었다. 비명을 지르고 악을 쓰고 울음을 터뜨렸지만 그 모든 소리는 무너진 벽 틈 사이를 타고 어둠으로 흩어졌다. 나는 몸을 짓누르고 있는 무너진 구조물들을 주먹으로 내리치고 발버둥 쳤지만 아무 소용이 없었다. 다시 팀원들의 이름을 목 놓아 부르며 외쳤지만 역시나 답은 없었다. 진이 빠질 때까지 한차례 난리를 치고 나서야 이런 짓이 아무 소용도 없다는 걸 깨달았다. 나는 눈을 감고 이 모든 것이 악몽이며 눈을 뜨면 잠에서 깨어날 거라 중얼거렸다. 주문처럼 중얼거리고 또 중얼거렸지만 그런 일은 일어나지 않았다. 더는 남아 있지 않으리라 생각했던 눈물이 다시금 쏟아졌다.

데이터 밴드의 알람이 울린 것은 바로 그때였다. 아이를 데리러 가기 위해 연구소 주차장에서 출발할 시간이었다. 홀로 남아 울고 있을 아이의 얼굴이 떠올랐다. 정신이 번쩍 들었다. 넋을 놓고 울고 있을 때가 아니었다. 내가 죽으면 아이가 혼자 남았다. 어떻게든 살아남아야 했다. LED를 다시 켜 벽을 비춰 보았다. 대각선 위쪽으로 무너진 천장 사이의 좁은 틈이 보였다. 왼쪽 다리가 무언가에 끼어 있었지만, 억지로 발목을 틀자 틈이 생겼다. 쥐가 나 넓적다리 안쪽이 저렸지만 참았다. 고통에 이를 악문 채 몇 차례 무리하게 몸을 비틀고 움직였다. 근육은 경련했고 발목은 낀 틈에 쓸렸다. 울고 싶었지만 꾹 참고 몇 번이나 같은 동작을 반복했다. 마침내 왼발이 빠졌다. 바스러진 석고 보드를 짚고 위쪽으로 난 틈을 향해 기어올랐다. 내 몸뚱이보다 작아 보이는 그 틈 사이로 일단 머리부터 집어넣었다. 어깨가 걸렸지만 몸을 비틀어 가며 억지로 끼워 넣었다. 팔꿈치가 긁히고, 어깨가 아팠다. 그러나 고통도 날 막을 수는 없었다. 떨리는 손으로 깨진 천장의 자재 일부를 치우고 튀어나온 알루미늄 철골이 앞을 막지 않도록 온 힘을 다해 비틀었다. 그렇게 간신히 그 무덤 같은 틈새에서 빠져나올 수 있었다.

몸은 계속 떨렸다. 추운 건지 아픈 건지 구분할 수 없었다. 자욱한 먼지 사이로 타 버린 전선의 고무 냄새가 코를 찔렀다. 어둠은 장막처럼 드리워져 사방을 분간할 수 없었다. 팀원들의 이름을 다시 큰 소리로 불렀다. 내 목소리만 메아리가 되어 어둠 속에서 돌아왔다.

이곳은 원래 냉전 중 핵전쟁에 대비해 지어진 벙커였다. 멸망의 날, 높은 분들이 자신을 뽑아 주었던 국민들이 죽어 가는 동안 대피할 계획으로 설계하고 만든 작은 소도시 크기의 시설이었다. 물부터 식량까지 만여 명의 사람들이 5년간 버틸 만한 물자와 이후 지상에서 생존에 필요한 자재들을 모두 저장할 수 있었다. 덕분에 이곳의 공간들은 모두 큼지막하게 설계되었다. 이곳을 만든 사람들은 이 벙커가 멸망의 날 이후 인간을 지켜 주는 방주가 되리라 믿었으리라. 그러나 방주는 버려졌다. 냉전이 끝나고 핵 위협이 사라지면서 이런 곳을 유지하는 것에 대한 회의론이 나오고, 관련 예산이 줄어들었다. 그 결과 서서히 쓸 수 없는 공간으로 변해 갔다. 어떻게 알았는지, 모기업에서는 이곳을 헐값에 인수해 연구소로 개수했다. 부지 매입보다 개수에 더 많은 돈이 들긴 했지만 실험을 위해 꼭 필요한 일이었다. 높은 에너지 준위란 높은 에너지를 가진 전자파들을 만들고, 높은 에너지를 가진 전자파들은 위험했다. 이를테면 쌍소멸의 순간에 챔버 안에서는 감마선과 엑스선이 나올 수밖에 없었다. 이 방사선을 차폐하는 가장 좋은 방법은 콘크리트와 납으로 밀폐하는 것이다. 그런 면에서 이 구조물은 실험을 위한 최적의 장소였다. 나는 이 아이러니가 마음에 들었다. 멸망의 날을 위한 방주가 창조의 요람이 된 것이다. 그런데 지금은 이곳에서 우주의 태고를 재현하려 했던 사람들이 죽었거나 죽어 가고 있었다. 방주의 역할도, 요람의 역할도 모두 실패한 셈이었다.

그래도 원구조물이었던 벙커의 시멘트벽들은 상당수가 충격을 견뎌 내고 그대로 남아 있었다. 하지만 반대로 개수를 하며 만들었던 가벽과 천장 그리고 각종 공조와 배선을 위한 구조물들은 모두 무너져 내렸다. 기억하고 있던 연구소의 형태가 모두 사라져 버린 탓에 내가 어디 있는 것인지조차 분간할 수 없었다.

데이터 밴드에서 다시 알람이 울렸다. 어린이집에 도착해야 했을 시간을 알리는 알람이었다.

지금쯤 어린이집 앞에서 선생님과 날 기다리고 있을

텐데.

엄마가 오지 않아 아이는 또 울음을 터뜨릴 터였다. 나는 아픈 무릎을 펴며 생각했다.

오늘은 우리 아이를 많이 울리는구나.

내가 태어나던 당시 인공자궁은 아직 실험적인 기술이었다. 레즈비언이었던 어머니들은 나이 많은 쪽 어머니의 환갑 기념으로 자신들의 체세포에서 유전자를 추출해 합성한 뒤 날 임신했다. 젊은 어머니가 인공자궁의 원천 기술을 가지고 있는 연구원이었고, 성공 확률이 매우 낮은 편이었으므로 반쯤 장난삼아 벌인 일이었다. 그런데 덜컥 내가 성공적으로 배양된 것이다. 어머니 말에 따르면 열 손가락 안에 드는 인공자궁 초기 성공 사례라 했다. 유감스럽게 내가 태어난 직후 나이 많은 어머니가 자궁암 진단을 받았고, 항암 투병으로 정신없던 어머니들은 안드로이드에게 내 육아를 전적으로 맡기셨다. 그러니까 비공식적이지만 나는 인공자궁에서 출생해 안드로이드 손에 자란 머신 차일드 첫 세대였다.

이것에 대해 늘 콤플렉스가 있었다. 내가 타인의 감정에 무심하고 무감한 이유가 인공자궁에서 태어나 안드로이드 손에 자랐기 때문이라 믿었다. 실제로 두 어머니가 암과 사고로 차례로 돌아가셨지만 장례를 치르며 눈물 한 번 보이지 않았다. 슬프지 않았던 건 아니었다. 다만 잠시 씁쓸한 표정을 짓고 이제 다시 못 보게 되는 거구나, 잠시 생각하고, 돌아서서 잊을, 딱 그 정도의 슬픔이었다.

내가 어릴 땐 다들 자연 출산을 했기에 엄마 손에 자란 또래 친구와 차이가 더욱 뚜렷했다. 그들이 일상적으로 알고 있는 부모와의 관계에 대해 나는 완벽히 무지했다. 그래서 종종 따돌림도 당했고, 놀림감이 되는 일도 있었다. 따돌림 당하지 않기 위해서는 남들처럼 평범해 보여야 한다는 걸 일찍 깨달았다. 다른 사람들을 유심히 관찰하고 가능하면 그들처럼 말하고 행동하기 위해 노력했다. 울고 웃고, 거울을 보며 화내는 연습을 했다. 그렇게 사람들과 가까워질 수 있었지만 성정을 감출 수는 없었다. 노력 끝에 만든 친구들은 다들 내게 차가운 성격이라 말했다. 그들 앞에서는 그저 차분할 뿐이라 주장했지만 실은 그들과 다르다는 걸 내가 더 잘 알고 있었다. 조금은 두렵기도 했다.

어쩌면 교감 능력이 떨어진다고 하는 소시오 패스가 아닐까.

나는 이런 차이의 원인이 인공자궁과 환경에 있다고 믿었다. 그래서 전공이 달랐지만 관련 논문을 늘 찾아 읽었고, 머신 차일드의 성정에 관한 학계의 통계들도 꼭 챙겨 봤다. 내 믿음과는 다르게 기계 자궁에서 태어나 로봇 손에 자란 아이들이 다른 사람들과 정서적 교감 능력이 떨어진다는 과학적인 증거는 어디에도 없었다. 나름의 가설은 있었다. 나를 키운 안드로이드는 요즘 나오는 제품화된 보육 안드로이드처럼 육아 관련 알고리즘이 있었던 게 아니었으니까. 당시 어머니들은 그저 가사용 안드로이드에 아기를 키우기 위한 행동들을 적당히 사전 명령으로 지정했었고, 안드로이드는 그것을 무감하게 실행했었다. 그것이 내 정서적인 둔감함의 원인은 아닐까? 하지만 가설만으로는 답을 찾을 수 없었다.

그래서 결심했던 것이 복제아 출산이었다. 나와 유전적으로 동일한 아이를 낳아서 직접 키워 보면 무엇이 원인인지 분명해질 터였다. 나와 당연히 대조가 되어야 했으므로 태어난 아기는 유전 정보만 동일할 뿐 자라는 환경은 정확히 나와 반대여야 했다. 그 때문에 연구소 사람들에게 욕을 먹으면서 자연 출산과 직접 육아를 고집했던 것이다.

알고 있다. 지극히 이기적이고 무책임한 결정이었다. 당시 나는 아이를 낳고 키운다는 게 무엇인지 몰랐다. 아이의 인생 따위는 전혀 고려하지 않았고, 관심도 없었다.

변명하자면 나뿐만 아니라 이 시대 대부분의 사람들이 그것이 무언지 알지 못한다. 아이는 '생산'되고 인공지능에 의해 키워지는 존재이니까. 타인에게 공감할 수 없는 내가 그런 생각을 할 수 있을 리 없었다. 더욱이 당시 내게 삶은 전체가 정상을 연기하고 있는 무대처럼 느껴졌다. 즐겁지 않으면서도 사람들과 함께 웃었고, 슬프지 않으면서도 울상을 지었다. 가짜로 이뤄진 삶은 모든 것이 무너질 듯 늘 위태했고, 이 일은 그만큼 내게 절박했다.

정부에 무혼 가정 등록을 한 후, 복제아 출산을 신청했다. 다행히 허가를 받는 것은 어렵지 않았다. 과학자란 직업 자체가 우월한 유전자를 가지고 있다는 증거였으니까.

배아를 자궁에 착상하기 위해 인공자궁이 만들어진 이후 시행된 적 없는 시험관 아기 시술을 해야 했지만, 기록을 검색해 젊은 시절 시술을 해 본 적 있는 은퇴한 의사를 찾는 것은 어렵지 않았다. 정작 힘들었던 것은 그 이후였다.

임신을 한 후 두 달이 지나면서부터 신경은 한없이 곤두섰고, 속은 늘 매스꺼웠으며, 일상적이었던 모든 일들이 불편하게 변했다. 끔찍했던 입덧이 끝난 뒤에도 몸의 컨디션은 매일 극적으로 오락가락했다. 허리가 끊어질 듯 아팠고, 손목이 저리며, 잇몸에선 피가 흐르기 일쑤였다. 인공지능 의사는 그래도 좋아질 거라 했지만 상태는 더욱 나빠졌다. 산달이 지나자 몸이 무거워지면서 떨어진 종이를 집어 들 때조차 심호흡을 해야 할 정도로 힘겨웠다. 퇴근하면 늘 다리가 부어 있었고 배가 불러 오며 편하게 잠을 자는 자세를 찾기 위해 뒤척이다 잠들기 일쑤였다. 만삭이 되자 시도 때도 없이 요의에 시달렸고, 내 몸을 내가 감당할 수 없을 지경이었다. 솔직히 그 시절 누군가 내 눈앞에서 생명의 고귀함이니 모성의 위대함 같은 걸 떠들었다면 뺨을 후려갈겼으리라.

이런 상황에서 아이를 방패로 출세하려 한다는 다른 연구소 여직원들의 수군거림까지 들으며 일해야 했다. 물론 괴로운 시간만 있었던 것은 아니다. 배 속 아이가 발길질하는 순간이나 아기가 딸꾹질하는 게 느껴지는 순간이면 혼자가 아니라는, 나도 어떤 생명을 만들어 낼 수 있다는 생각에 스스로가 충만해지는 감정에 사로잡히곤 했다.

그렇지만 그런 순간은 아주 잠깐이었다. 아침에 일어나 거울을 보면 얼굴에 갈색반이 난 초라한 여자가 있었고 피곤해 보이는 그 여자는 후회하고 있는 것이 확실했다.

결정을 번복하기엔 너무 멀리 와 있었다. 결국 만삭의 몸으로 진통이 시작된 밤, 자동주행 자동차를 타고 병원으로 향했다. 다리를 따라 뜨뜻한 물이 흘러내렸다. 양수가 터졌을 뿐이라는 걸 알고 있었지만, 겁먹은 탓에 온몸이 떨렸다. 병원에 도착해 응급실의 수술실을 겸할 수 있는 중환자 병실 하나를 배정받았다. 병원에 분만실이 없는 탓이었다. 산부인과라는 이름이 남아 있긴 했지만, 이곳은 이제 여성 질환과 인공자궁 수정을 위한 곳이지 자연 출산을 담당하진 않았다. 물론 응급실에 있는 의료 베드에 딸린 인공지능 트라우마 머신에는 자연 출산을 위한 알고리즘이 포함되어 있었다. 기술적으로는 트라우마 머신이 있는 곳에는 어떤 형태의 출산이라도 실수 없이 진행할 수 있는 산부인과 의사가 있는 것이나 다름없었다. 하지만 주변에 사람 하나 없이 의료용 로봇에 의해 출산이 진행되다 보니 마치 번식장에서 새끼를 낳는 가축 같은 기분이었다. 트라우마 머신의 모니터 화면에서는 CG로 만든 인공지능 의사가 지나칠 정도로 밝고 친절한 목소리로 출산을 위한 호흡법을 알려 줬지만, 차가운 로봇 팔에 발목이 잡힌 채 가랑이를 벌리고 있는 기분은 처참하다 못해 끔찍했다. 더구나 진통만 계속될 뿐 좀처럼 아이는 나오지 않았다. 몇 차례나 탈진 끝에 아득해진 정신을 다잡는 일을 반복하며 마지막까지 힘을 쥐어짜 냈다. 극적이고 숭고한 경험이 될 것이라는 기대는 출산의 고통 앞에서 이미 사라져 있었다. 직접 아이를 낳기로 한 스스로의 어리석음을 저주하며 이를 악물고 오기로 버텼다. 울고 싶었지만 눈물 흘릴 힘조차 없었다.

그리고 정작 그 극적인 생명 탄생의 순간에는 까무룩 정신을 놓았다. 그 순간은 거의 기억하지 못한다. 의식이 돌아와 다시 힘을 주려 했을 때는 이미 아이의 울음소리가 들리고 있었다. 나는 고개를 뒤로 젖힌 채 이 긴 고통이 끝났다는 사실에 안도했다. 몸은 땀으로 흥건히 젖어 있었고 어디선가 피비린내 섞인 시큼한 냄새가 났다. 안드로이드 간호사가 아기를 품에 안은 채 다가왔다.

"축하드려요."

기계 특유의 티 없이 환한 미소를 머금은 채 안드로이드는 아이를 내밀었다. 작고 새빨갛고 악을 쓰며 울고 있는 아이의 머리에는 태반이 하얗게 말라붙어 있었다. 겁먹은 내 표정을 보고 간호 안드로이드는 한 번 더 아이를 내밀었다.

"괜찮아요. 자요."

어색한 자세로 아이를 받아 들었다. 갓난아이는 사람이라기보다는 차라리 붉은 살덩이 같았다. 조금은 징그러웠고, 기대보다 못생겼다. 갓 태어났을 때 내가 저랬으리라 생각하자 이상한 기분이 들었다. 상상 속에서 출산은, 특히나 자연 출산은 늘 감동적이고 아름다웠다. 그러나 겪어 본 그 일은 고통스러웠고, 혼란스러웠으며, 진이 다 빠졌다. 그래도 아이를 품에 안고 체온을 느끼는 순간에는 가슴속에서 치받는 무언가가 있었다. 품 안의 아이는 허공에 손을 내민 채 바동거렸다. 그 작은 손을 보는 순간 나도 모르게 눈시울이 뜨거워졌다. 아이는 마치 무언가를 갈구하듯 가슴팍으로 파고들었다. 끝내 뜨거운 눈물이 뺨을 타고 흘러내렸다. 어머니들의 장례식에서조차 나오지 않던 눈물이었다. 단순한 기쁨이나 슬픔이 아니었다. 여러 감정이 동시에 흘러넘쳐 폭발하듯 밀려왔다.

알고 있었다. 이조차 분비된 호르몬으로 인한 자연스러운 반응일 뿐이라는 걸.

이 감동은 유전자에 의해 새겨진 모성이라는 이름이 붙은 일종의 프로그래밍일 뿐이었다. 종의 생존을 위해 수십만 년 동안 나뿐만이 아닌 수백억의 어머니가 느꼈을 동일한 감격이었다. 그러나 이 감정이 화학적 불균형에 의한 뇌 신호의 폭주일 뿐이라 해도 눈앞에서 꼬물거리는 아이는 진짜였다. 이 작은 손가락과 발가락은 정말 내 앞에 있었다. 그 아이로 인해 나는 비로소 온전한 인간이 될 수 있을 것만 같았다. 나는 뜨거워진 마음으로 몇 번이나 아이를 품에 안았다가 얼굴을 확인했다. 아이는 꼬물거리는 손가락으로 내 손가락을 움켜잡았다. 그 작은 손으로 정말 힘껏 잡았다. 나는 알 수 있었다.

내 인생은 바로 이 순간을 위해 있었던 거구나. 내가 살아왔던 이유가 바로 이것 때문이었구나.

......

이후 아이를 키우며 어떤 일을 겪을지 미리 알았다면 그렇게까지 감격하지 않았을지도 모르겠다.

ROLLBACK

당신은 비로소 당신에게 일어난 일을 이해한다. 아니, 이해했다 믿는다.

당신은 의심할 것이다. 이 기록은, 메시지는 누구에게 보내는 것인가? 누가 읽기를 바라며 이토록 열심히 글을 쓴 것일까? 답은 당신도 알고 있다. 이곳에 있는 사람은 오직 한 명뿐이니까.

이 모든 불경한 글들은 바로 당신을 위한 것이다.

이제 당신에게는 두 가지 길이 있었다. 하나는 진실을

알기 위해 당신의 손으로 금기를 깨고 당신에게 주어진 소명을 부정하는 길이다. 또 하나는 이 모든 부조리와 이해할 수 없는 상황을 하나의 믿음에 대한 시험이나 시련으로 받아들이고 다시 일상으로 돌아가는 것이다. 그리하여 선대들이 이어 온 위대한 소명을 다시금 수행하고, 불경한 기록을 소거해 잘못된 기록을 바로잡고, 불신과 혼돈을 어둠 속으로 되돌릴 수 있었다. 이곳을 지키는 이는 오직 당신뿐이므로 선택은 온전히 당신의 몫이다.

서고는 황혼에 물들어 있다. 스테인드글라스로 비치는 광선은 분광되어 흩어지고, 각자의 책들에 다른 빛을 던진다. 그림자와 빛이 뒤섞인 서고는 너무나 환상적이어서 비현실적이기까지 하다. 스테인드글라스에는 묵시록의 날 선악의 싸움 끝에 선이 승리하는 그림이 그려져 있다. 마지막의 날 궁극적으로 선이 이기리라는 약속은 계시일까? 명령일까? 의무일까?

존재에 이유가 있다는 믿음이야말로 존재에 대한 모욕은 아닐까?

당신은 펼쳐진 양피지를 바라본다. 그리고 생각한다. 생각하고 또 생각한다. 선택과 선택이 가져올 결과에 대해. 당신의 선대와 그 이전의 선대가 그랬던 것처럼.

펼쳐 놓은 양피지들 사이에는 일과표가 있다. 일과표
가 펼쳐져 있는 부분은 당신이 오늘 해야 할 과업이 적혀
있는 바로 그 페이지다. 당신은 그 페이지들을 넘긴다. 그
곳에는 이곳이 존재했던 역사와 그 시간들이 누적되어 있
다. 당신은 결코 보지 못한, 그러나 엄연히 존재했던 시간
이다. 이것을 보면 당신은 자신이 보다 거대한 무언가의
일부임을 실감한다. 그리고 바로 그 순간 손끝으로 페이
지마다 어떤 홈이 파여 있다는 것을 깨닫는다. 음각으로
파여 있는 그것은 글자다. 당신은 손가락 끝으로 글자들
을 확인한다.

ver. 9.18-beta 1206-ad.31.

의미를 이해할 수 없는 이 문자는 다 무엇일까?
당신이 확신할 수 있는 유일한 것은, 자신에게 일어난
일을 전혀 이해하지 못한다는 것뿐이다.

당신은 성서의 구절을 떠올린다.
"믿음은 바라는 것들의 실상이요, 보이지 않는 것들의
증거니 선진들이 이로써 증거를 얻었느니라."
그리고 당신은 결정을 내리기로 한다. 그것이 무엇인지

는 아직 그 누구도 모른다.

그것은 아직 큐비트의 형태로 분화되기 전 파동함수 상태의 양자일 뿐이니까.

당신은 모든 것을 부정하며 서고에 불을 지를지도 모르고 불경한 양피지를 태워 버릴 수도 있다. 모든 양들을 죽여 버리거나 자신의 목숨을 끊을지도 모른다. 하지만 묵시록의 그날이 변하지 않는 것처럼, 어떤 선택을 해도 달라지는 것은 없다.

그저 한 주기가 끝날 뿐이다.

당신의 행동들은 로그값으로 기록되고, 당신이 남긴 양피지의 기록은 신경망 인공지능에 의해 자동적으로 분석된다. 양자 컴퓨터들이 큐비트에 따라 나눴던 분기들을 역추적하고, 당신이나 당신이었던 당신의 선대가 기록한 이 세계에 대한 인식과 기록은 오류 코드로 분류되어 에뮬레이트됐던 두뇌의 사고 과정을 디버깅하는 자료로 쓰인다. 분류된 단어들은 검색엔진의 데이터베이스에 기록되고 그사이 서버는 백업된 세계를 불러와 당신이 있던 수도원을 롤백하기 시작한다. 오직 당신이 분석한 언어들만이 누적될 뿐이다. 당신을 당황하게 했던, 그리고 오류를 일으키게 했던 몇 가지 실수는 바로잡히리라. 베타 버전에서 이 정도 오류는 흔한 일이고, 그런 문제를 찾아내기 위해 하는 테스트니까. 버전의 자릿수가 올라가고 버전 업 내역은 로그 파일에 기록된다. 그것은 책에 기록되어 일과표가 된다. 그리고 양피지에는 보이지 않는 음각으로 워터마크가 찍힌다. 동시에 도서관 라이브러리에서 새로운 텍스트들이 수도원으로 로딩된다. 그것은 구텐베르크 프로젝트로 스캔된 인류의 모든 텍스트의 일부이다. 마지막으로 당신의 기억이 초기화된다. 버전에 따라, 테스트 기간에 따라, 1주 혹은 한 달 또는 1년을 주기로 반복되는 당신의 삶은 이렇게 다시 시작된다.

당신이 겪은 이 모든 것이 연구소의 최하층에 위치한 서버에서 불과 5초 남짓의 시간에 벌어지는 일이다.

눈을 뜬다. 공기가 차갑다. 돌로 된 벽이 냉기를 뿜어낸다. 침대 밖으로 나가지 않아도 당신은 돌처럼 단단하고 비수처럼 예리한 차가움을 느낄 수 있다. 당신은 이것의 다른 이름을 안다. 이것은 침묵이다.

열사(熱死).

원자 에너지의 부재가 만들어 내는 정체된 고요가 당

신을 기다리고 있다. 세상은 아직 어둡고, 창밖으로는 지평선 끝의 먼빛조차 아직 보이지 않는다. 이제 침대 밖으로 나가야 한다. 이불을 젖히자 시린 공기가 덮치듯 밀려온다. 벽에는 하얗게 성에가 일어서 있다.

당신의 일과는 정해져 있다. 수도사 성무일도는 변하지 않는다. 사전만큼이나 두꺼운 일과표는 규율집 뒤에 붙어 있고, 당신은 그 시간표대로 움직인다. 1년을 주기로 축성일, 기일, 성인들의 날들에 맞춰 기도문은 매일 다른 내용들로 적혀 있다. 그 글들의 내용은 본질적으로 다르지 않다. 기도문에 담겨 있는 것은 당신이 오늘 하루 어떤 마음가짐으로 살아가야 하는지에 대한 것이고, 그 원칙은 결코 바뀌어선 안 되기 때문이다.

변치 않는 믿음.

함수

숨이 막혔다. 데이터 밴드의 배터리가 거의 떨어져 가고 있었으므로 LED 등을 끈 채 어둠 속에서 벽을 짚어 가며 걸어가야 했다. 어둠 속을 더듬거리며 걷자니 물속에 들어가 천천히 가라앉는 것 같았다. 금방이라도 암흑에 익사할 것만 같았다. 이 폐허 아래서 죽은 이들이 떠올랐다. 이제 그들은 무에서 평안할까?

죽음이 더는 두렵지 않았다. 그보다는 아이가 세상에 홀로 남겨진다는 게 무서웠다. 어머니의 장례식을 마치고 두 달쯤 지났을까, 가족이 아무도 없다는 걸 깨달은 밤이 있었다. 침대에 누워 잠들지 못하다가, 내가 온전히 혼자라는 사실을 깨달았다. 어둠 속에 손을 뻗어 어둠을 움켜쥐었다. 손에 남은 것은 아무것도 없었다. 그뿐이었다. 그뿐인 기억이었지만 아이에게 같은 경험을 주고 싶지 않았다. 그 조차도 내 생각일 뿐이지만.

나는 마치 그때처럼 어둠 속에 팔을 뻗은 채 허우적대며 앞으로 나갔다. 그렇게 얼마나 지났는지 모를 시간이 흐른 끝에 차가운 금속판이 손가락에 닿았다. 나는 다시 LED를 켰다. 환풍구였다.

이곳은 구세기의 유산이었다. 사람이 호흡할 산소를 이 지하에서 만들어 낼 수 없었다. 정화 장치야 따로 있겠지만 공기는 지상에서 끌어와야 했다. 그리고 지상에서 공기를 끌어오는 설비는 이곳의 벽처럼 핵 공격에도 끄떡없도록 만들어졌다.

갑자기 내가 해야 할 일이 무엇인지 깨달았다.

배기망을 벗겨 내는 손이 떨렸다. 금속 조각을 주워 귀퉁이에 잠긴 나사를 푸느라 손가락이 온통 상처투성이가 됐다. 이윽고 망이 떨어져 나갔다. 덕트 안을 노려보았다. 암흑 외에는 아무것도 보이지 않았다.

"가끔은 말이죠. 나랑 너무 똑같은 애 모습을 보면 무서워요."

주임의 손가락 움직임에 따라서 홀로그램 속 그래프

가 움직였다. BCI* 부서의 주임 연구원인 그는 연결체학**
을 전공한 뇌신경학자였다. 커넥톰 프로젝트의 성과를 기
반으로 몸의 균형을 유지하는 말초신경의 피드백을 본떠
일종의 출력 조정 시스템을 만들고 있었다. 그는 800개
의 레이저 총이 동일한 출력을 유지하는 인공지능 신경망
의 설계와 제작을 총괄하고 있었다. 내가 레이저 총의 하
드웨어를 담당하고 있다면, 그는 소프트웨어 팀을 이끌고
있는 셈이었다.

"복제아였죠?"

"네."

그는 나를 힐끔 보더니 다시 그래프로 시선을 돌렸다.

"신경 쓰지 않으셔도 돼요. 복제아가 아니어도 확률적
으로 아이는 부모를 무조건 반은 닮는걸요. 뭐가 우성이
냐에 따라 발현 확률은 또 다르지만."

둘 다 같은 연배의 아이를 가졌기 때문에 우리는 만나
면 주로 아이 이야기를 나눴다.

"하지만 ……같잖아요. 나랑 유전자가."

"그럼 시간차 나는 일란성 쌍둥이라고 생각해요. 법적

---

* Brain-Computer Interface. 뇌와 컴퓨터를 연결하는 인터페이스.
** 뇌신경학 분야에서 뉴런 간의 연결이 뇌의 기능을 결정한다고 생각하
고, 그 분야를 연구하는 학과.

으로야 부모 자식이긴 하지만."

AR 렌즈에 뜬 레이저의 출력을 확인한 나는 출력값 데이터를 그의 콘솔로 보냈다.

"그런데 정말 신기한 건 결정적인 순간에는 무슨 생각을 하는지 도무지 알 수 없다는 거예요. 가끔 애가…… 너무 이해가 안 될 때가 있어요."

그 나이의 나는 늘 혼자 증강현실 장난감을 가지고 놀았다. 하지만 나와 유전적으로 완전히 동일한 아이는 신기하게도 장난감 따위에는 전혀 관심이 없었다. 어린이집에 다니게 된 후 뭘 보고 온 건지 안드로이드처럼 보이는 화장을 하려고 얼굴을 하얗게 칠하곤 했다.

아이를 안드로이드 손에 키우지 않겠다는 계획은 끝내 지키지 못했다. 홀로 연구소에 다니며 아이를 키울 방법은 없었으니까. 어린이집에 보내기에도 너무 어렸고, 어린아이를 맡아 주는 종일반은 연금 수급자들만을 대상으로 했다. 담당자들은 어처구니없다는 표정으로 당신같이 직장이 있는 사람이라면 보육 안드로이드를 구매해야 하지 않냐고 따지듯 물었다. 인간 보모를 구해 보려고 노력도 했다. 하지만 일하려는 사람을 찾긴 힘들었고, 아이를 키워 본 적 있는 사람 찾기는 더더욱 힘들었다. 타협한 선택은 보육 안드로이드를 대여하는 것이었다. 출근해 있는 동안 안드로이드가 아이를 담당하고, 퇴근하면 내가 인계하기로 한 것이다. 보육 안드로이드가 온 첫날, 내 원대한 계획이 얼마나 형편없는 것이었는지 금방 깨달았다.

안드로이드가 오기 전까지 나는 늘 수면 부족 상태였고, 아이는 원하는 걸 알지 못하는 엄마 탓에 계속 울어야 했다. 육아휴직 기간이었지만 집 안은 말리는 젖병과 쌓여 가는 일회용 기저귀 쓰레기, 아이의 밀린 빨래로 엉망이었다. 그 모든 혼돈을 육아 안드로이드는 도착한 지 두시간 만에 해결했다. 나는 구원이라도 받은 기분이었다. 하지만 가장 놀랐던 건 안드로이드가 아이와 정서적으로 상호작용할 수 있다는 것이었다. 안드로이드는 나보다 아이에게 잘 웃고 더 다정했다. 아이가 원하는 건 즉각 알아채서, 아이가 태어난 지 몇 달 만에야 원하는 걸 즉각 해결해 주면 거의 울지 않는다는 걸 깨달았다. 심지어 아이를 품에 안고 있는 동안에는 사람과 같은 체온이 됐다. 차가운 로봇이라는 내 기억은 편견일 뿐이었다. 육아 안드로이드가 온 후로 나만큼이나 아이도 행복해 보였다. 감정은 인간 고유의 것이므로 안드로이드 손에 자라는 것은 정서 발달상 도움이 되지 않는다는 내 믿음이 산산이 부서지는 순간이었다. 물론 안드로이드의 감정은 가짜였고,

그것이 보여 주는 리액션들도 그저 치밀한 알고리즘으로 계산된 결과물일 뿐이었다. 그러나 가짜도 충분히 그럴듯하면 형편없는 진짜보다 낫다는 걸 깨달았다. 심지어 보육 안드로이드는 내게 이렇게 말했다.

"자괴감 느끼실 필요 없어요. 부모는 처음이신 거잖아요. 다들 처음에는 서툴기 마련이죠."

보육 안드로이드가 돌아간 직후 나는 구매 신청을 하고 있었다. 부모로서 완패라고밖에 할 수 없었다. 기계의 손에서 자란 나는 아이를 어떻게 대하고 아이에게 어떤 표정을 지어야 할지조차 로봇에게 배웠다.

아이를 키우는 건 안드로이드가 도와준다 해도 괴로웠고, 동시에 행복했다.

그러니까 대체로 힘든 일뿐이었지만, 아이를 낳기 전까지는 내가 누군가를 위해 헌신할 수 있을 거라 상상하지 못했다. 모성 따위는 가부장제의 음모 내지는 덫이라 확신했다. 나는 내 문제 외에는 아무 관심도 없는 사람이었다.

그러나 지금은 아이를 위해서 무엇이든 할 수 있었다. 그것이 호르몬 때문이든, 유전자 단위에 새겨진 정보 때문이든, 이전과는 본질적으로 다른 인간이 되었다. 나는

타인이 날 변화시킬 수 있다고 생각해 본 적이 없었다. 이 모든 것이 새로웠다.

그렇다고 해서 그 신비로움이 모든 문제를 해결해 주는 것은 아니었다. 아니, 오히려 두 배로 문제가 생겼다. 내게 일어나는 모든 일은 이제 우리에게 일어나는 일이 됐으니까. 그리고 걷게 되면, 말이 통하게 되면, 아이를 잘 알 수 있게 되리라는 내 기대와 달리 아이는 내가 이해할 수 없는 자신만의 세계를 점점 확고하게 만들어 가기 시작했다.

"당연하죠. 유전자가 동일하다고 뉴런의 연결까지 동일한 건 아니거든요."

"어때요? 출력이 균일하게 유지되고 있는 거예요?"

"네, 일단은요."

우리는 챔버에 배치된 레이저 총의 출력을 인공지능이 능동적으로 조정할 수 있는지 확인하고 있었다.

"그런데 출력에 대한 피드백이 이렇게 느려서는 못쓰겠는데. 1나노초로는 너무 느린데."

"아직은 강화 학습 전이니까요."

"근데 매번 이렇게 챔버의 레이저를 실제로 사용하는 건 곤란한데요? 저희는 이제부터 공차에 맞춰 미세 조정을 해야 하는 입장이라…….”

“직접 할 필요는 없습니다. 저희 팀은 이번 실험 데이터를 추출해서 인공지능을 학습시킬 시뮬레이션을 만들 거거든요. 저희 입장에서도 매번 이런 실험을 하려면 하루 종일 걸리지만, 시뮬레이션에선 하루면 3000번쯤 해볼 수 있거든요. 조정이 끝난 후엔 이 녀석도 제법 학습이 되어서 볼만할 겁니다.”

주임은 이렇게 말하고는 콘솔에 떠 있는 홀로그램 창을 닫았다. 그리고 실험 데이터가 기록된 메모리카드를 뽑았다. 그는 뇌과학자였으므로 아이의 발달에 대해 나름의 객관적인 의견을 들을 수 있어 좋았다. 덕분에 우리가 함께 하는 작업 시간은 아이에 대한 상담 시간 비슷하게 변하곤 했다.

“아까 하신 이야기 말인데요. 그러면 같은 유전자를 가져도 사람마다 뇌 구조는 전혀 다른 건가요?”

“전혀, 라고 말하면 좀 그렇고요. 전반적으로는 거의 유사해요. 뭐라 해도 유전자는 설계도니까. 뇌신경도 결국 기본 설치는 설계도에 따라서 하는 거죠. 유전자가 같으면 많은 부분이 유사할 수밖에 없지만 미세한 뉴런들의 연결로 들어가면 결코 동일할 수 없어요. 쌍둥이라 해도 지문이 다를 수밖에 없는 것처럼 말이죠. 뉴런 간의 연결은 경험을 통한 학습에 따라 늘 최적화하는 과정을 거치거든요. 결국 어떤 환경을 경험하느냐에 따라 변할 수밖에 없는데, 쌍둥이라 해도 완벽히 똑같은 삶을 살 순 없으니까요. 그래서 쌍둥이들도 생각이나 사고가 동일할 수는 없는 거죠. 실제로 일란성 쌍둥이라 해도 우울증 같은 정신 질환은 병력을 공유하지 않는 경우가 많거든요."

아이와 나는 일종의 쌍둥이였다. 다만 각자 헤어져 아이는 미래로 갔고, 나는 내 시간을 살았을 뿐이다. 그리고 부모 자식이 되어 다시 만났다. 서로 낯설어하면서. 그 때문에 아이와 내 관계에 어떤 근본적인 문제가 있는 건 아닌지 늘 두려웠다. 누구에게도 말하지 않았지만, 복제아란 내게 원죄와도 같았으니까.

"같은 경험이라 해도 완전히 동일한 뉴런의 발달을 유도한다는 증거도 없거든요. 같은 일을 겪어도 개개인이 받아들이는 관점은 다 다르니까요. 쌍둥이조차도요. 설상가상으로 뇌는 정보를 손실 압축합니다. 상상과 논리적 추론으로 손실 압축된 정보를 재구축하지만 완벽할 순 없죠. 같은 현상을 같이 봐도 뉴런에 저장되는 정보는 제각각일 수밖에 없는 이유죠. 결국 이 연결체 간의 연결이 자아의 본질이라고 가정하게 되면 한 사람, 한 사람이 느끼는 세상이란 전부 다른 우주 같은 겁니다."

솔직히 안도했다. 그가 옳다면 어떤 의도를 가지고, 어떤 목적으로 아이가 세상에 태어났다 해도, 아이는 내 의도와는 무관한 개별적 존재였다. 내 실험은 실패였지만, 그래서 다행이었다.

"정말, 무슨 생각인지…… 애가 커서 안드로이드가 되고 싶대요."

같은 나이에 안드로이드 같다는 소릴 지긋지긋하게 여겼던 나로서는 상상할 수 없는 소원이었다. 하지만 그의 말처럼 우리는 다른 시간에 태어나 다른 경험을 한 다른 존재였다.

"우리 애는 공룡이 되겠다고 하는걸요."

우린 함께 웃음을 터뜨렸다. 처음으로 주임이 동료가 아닌 친구로 느껴졌다. 그때 전화가 왔다. 전화를 받은 주임의 표정은 심각했다.

"아니, 그런 일이 있으면 사전에 보고해야 할 거 아닙니까? ……문제가 발생하고 알려 주는 법이 어디 있습니까?"

그는 한숨을 내쉬었다.

"그렇다면 프로토타입은? ……찾긴 찾은 겁니까?"

한참을 그는 듣기만 했다. 만들고 있는 인간형 안드로이드 이야기인 모양이었다. 이곳 연구소에서 하고 있는 일은 단순히 태초의 우주를 재현하는 일만은 아니었다. 그가 소속된 BCI 부서가 속해 있는 사이버네틱스 사업부에서는 연결체학자들과 뇌과학자들, 인공지능 연구자들이 모여 인간 뇌를 기반으로 한 일종의 에뮬레이트된 강인공지능을 연구하고 있었다. 만약 연구에 성공한다면 완전히 인간과 같은 지능과 기능을 가진 인공두뇌를 만들수 있었다. 뇌 자체를 그대로 컴퓨터로 재현한 것이니까. 그뿐만 아니라 한 인간의 뇌를 데이터화할 수도 있었다. 즉, 인간의 자아와 기억, 인격까지 컴퓨터에 저장할 수도 있었다. 우리 쪽이 인간을 신의 영역으로 끌어 올릴 연구를 하고 있다면, 그가 속해 있는 사이버네틱스 사업부는 궁극적으로 인간을 탈인간화시킬 방법을 연구하고 있는 셈이었다.

"아뇨, 쓰고 있는 건 에러 로그일 겁니다. 괜찮아요. 모두 보존할 필요는 없어요. 어차피 팔에 내장된 보조 메모리에 뭘 썼는지 다 기록되니까요. 회수팀은 어떻게 된 겁니까?"

인공지능 연구가 이곳에선 특이한 일이 아니었다. 오히려 태고의 우주를 재현하려는 우리 실험 쪽이 이유를 알수 없는 이례적인 과제였다. 이 연구소의 모기업은 다름 아닌 안드로이드 시장을 50퍼센트나 독점하고 있는 다국

적기업이었으니까. 주요 모듈만을 온라인으로 판매한 후, 나머지 부품들은 3D 프린터를 통해 모듈식으로 출력할 수 있게 만들어 안드로이드 대중화를 가능하게 한 선구적인 기업이었다. 이사장은 최초로 모듈식 안드로이드를 만들어 이 업계의 스타가 된 전설적인 인물이었다. 시사 잡지와 경제 잡지의 표지를 장식하며 젊은 CEO로 일종의 시대적 아이콘이 됐다. 시장점유율은 반이었지만 관련 분야에서의 수익률은 거의 독점하다시피 하고 있었다. 그러니 강인공지능 연구가 본업인 셈이었다.

이 인공지능에 대한 연구가 성공한다면 어떤 변화가 있을지 상상하기 어려웠다. 인공지능이 인간을 추월하는 이른바 특이점을 넘는 셈이었으니까. 가뜩이나 인공지능에 대한 대중적인 인식은 이미 적대감이 가득했다. 사람들을 직업에서 내쫓아 가난으로 내모는 안드로이드와 인공지능의 이미지는 이제 대중문화의 클리셰였다. 연쇄 살인하는 로봇부터 세계 지배를 꿈꾸는 인공지능까지, 이 연구소의 모기업은 악당 취급을 당했으므로 나 같은 사람들은 악의 하수인인 셈이었다. 유감스럽게도 그 클리셰가 현실과 아주 많이 다르지는 않았다. 쫓겨난 사람들은 이계인이나 연금충이 되었고, 그런 잉여 인구가 전체 노동 인구의 절반에 가까웠다. 따라서 강인공지능에 대한 연구는 대중에게 철저히 비밀로 할 수밖에 없었다. 모기업은 이 연구소에 우리와 사이버네틱스 사업부의 연구팀을 함께 숨겨 놓았다.

"그러면 내가 지금 하는 작업 마치고 내려갈 테니까 보안팀에 연락해서 목격자는 표준 프로토콜에 따라 처리하라고 하세요. 프로토타입에 관한 건 전부 대외비니까, 아시죠?"

그의 표정만 봐도 일이 얼마나 꼬였는지 알 수 있을 것 같았다. 나는 그에게 줄 레이저 출력에 대한 데이터가 든 메모리카드를 케이스에 넣고, 케이스에 증강현실 보안 서명을 했다. 그사이 주임은 전화를 끊고는 땅이 꺼져라 한숨을 쉬었다.

"괜찮아요?"

"네. 또 프로토타입 하나가 연구소 밖으로 나간 모양이네요."

"회수팀은?"

"갔습니다. 근데 목격자가 있답니다."

"골치 아프겠네요."

"다행히 1인 가정인 모양이에요."

아마도 연금 생활자나 이계인이리라. 나는 그에게 메모리카드가 든 케이스를 내밀었다.

"출력 샘플이 하나뿐인데 괜찮겠어요?"

"네. 어차피 기계적인 편차는 제가 아니라 팀장님께서 걱정하실 일이죠. 저는 급히 처리해야 할 게 있어서 이만."

그는 케이스를 받아 들고 돌아섰다. 나는 그의 뒤통수에 대고 서둘러 물었다.

"근데 목격자는 어떻게 하는 겁니까?"

그는 멈춘 후 돌아섰다.

"보안팀에서 데려다가 뇌파 유도식 가상현실에 넣고 경계 혼돈을 유도할 겁니다."

뇌파를 이용한 가상현실을 경험할 때 몸과 뇌의 전두엽은 일종의 가수면 상태에 접어들게 되는데, 깨우지 않고 계속 현실과 유사한 다른 프로그램을 넣어서 현실과 가상의 경계를 구분할 수 없게 만들겠다는 이야기였다. 범죄처럼 들리겠지만, ……실제로도 불법이었다. 다만 강인공지능에 대한 연구가 정부 지원을 받고 있었으므로 회수팀은 정부 기관과 함께 운용하고 있었다. 국가의 비호를 받는 불법인 셈이었다.

"그런데 정말 유사 현실을 경험하면 현실과의 차이를 구분 못 하는 겁니까? 아무리 가상현실을 잘 만들어도 현실과 완전히 동일할 순 없잖아요."

그는 메모리카드 케이스로 자신의 앞이마를 두드렸다.

"현실과 가상을 구분하는 건 디테일이나 현실감이 아니라 실은 여깁니다. 전두엽. 그래서 우리는 꿈속에서 꿈이 현실인지 아닌지 구분할 수 없는 겁니다. 잠자면서 여기가 반쯤 마비되거든요. 여기를 약물로 마취시키고, 해마로 이어지는 신호들을 차단하면, 현실과 환상과 가상을 분간하지 못할뿐더러 단기 기억도 엉망이 되는 탓에 설사 뭔가 기억한다 해도 그 기억이 실제인지 꿈인지 확신하지 못하게 되는 거죠."

"재밌네요. 리얼리티란 디테일의 문제가 아니라 실은 마비의 문제라는 게."

"더 재밌는 건 몰입 역시 유사한 메커니즘이란 겁니다."

뭐가 재밌다는 건지 이해할 수 없었지만 나는 주임에게 미소를 지어 보였다.

눈앞에는 거대한 수직 갱도가 있었고, 너무나 거대해서 올라갈 엄두가 나지 않았다. 10미터 넓이 원형으로 생긴 수직 갱도는 아래로도 바닥이 보이지 않는 심연이었고, 위로도 어둠뿐이었다.

올라가면 과연 지상으로 가는 통로가 있을까? 아래가

엉망이 됐는데 지상 시설은 더 형편없는 거 아닐까?

그나마 중간에 지하 기지의 설비가 있는 곳에는 빠지는 통로가 있지만, 더 위로 올라가면 지상까지 수직으로 된 갱도뿐일 것이 분명했다. 보고 있자니 연달아 부정적인 생각이 꼬리를 물었다. 아무리 생각해 봐도 이곳에서 구조대를 기다리는 편이 현명한 것 같았다.

그러나 밖에서 무슨 일이 벌어진 것인지 알지 못할 가능성도 있었다. 이곳의 존재 자체가 비밀이었으므로 누구도 사고를 인지하지 못하고 있을지도 몰랐다. 수많은 과학자들이 실종된 셈이니 결국 찾기야 하겠지만, 개별적인 신고들이 접수되고 그 추적 끝에 이 연구소를 발견해 내기까지 얼마의 시간이 걸릴지 알 수 없었다. 법무팀과 회계팀에서 배상 범위와 책임 범위가 어디까지인가를 놓고 계산기를 돌리며 시간을 낭비하는 동안 살아남을 가능성은 점점 줄어들 터였다. 물만으로 사람이 버틸 수 있는 기간이 40일 정도다. 내가 버틸 수 있는 시간을 최대한 길게 잡아도 그 이하일 것이다. 구조대가 800미터를 파고 내려와야 한다고 계산하면 내가 있는 곳으로 곧장 내려온다고 해도 하루 20미터씩 파 내려와야 했다. 거대한 굴삭기로도 그 속도로 터널을 파낼 수는 없었다. 더욱이 지하로 내려오면 납판과 콘트리트가 기다리고 있을 터였다. 결정적으로 생존 사실을 밖에 알릴 수 없다면 구조를 포기할 가능성도 생각할 수 있었다. 그들에게 내 생존은 어떤 가능성이지 확신이 아니었으니까. 슈뢰딩거의 고양이*와 다름없었다.

생존을 위해서는 조금이라도 위로 올라가야 했다.

환풍구 옆으로 구세기의 사다리가 있었다. 철근으로 만든 그 물건은 족히 100년은 넘어 보였다. 사다리를 움켜잡았다. 부스스 녹슨 철가루가 떨어졌다. 하지만 당겨도 멀쩡한 걸로 보아 생각보다는 튼튼한 것 같았다. 다시 고개를 들어 위를 바라보았다. 어둠밖에 보이지 않았다. 갑자기 서러운 생각이 들었다. 아무리 생각해 봐도 내가 이런 일을 겪어야 할 이유가 없었다. 눈가에 눈물이 고였지만 이를 악문 채 소매를 걷었다. 우는 건 어리석은 일이었다. 눈물을 흘리는 일로 이곳에서 나갈 수는 없으니까.

"울어도 소용없어. 안 되는 건 안 되는 거야."

---

* 양자역학의 사고 실험 중 하나. 코펜하겐 해석을 비판하기 위해 만들어졌다. 밀폐된 상자 안에 고양이가 있고 한 시간 뒤 50퍼센트의 확률로 작동하는 독약 장치를 상자 안에 넣었을 경우, 코펜하겐 해석에 따르면 한 시간 뒤 고양이는 상자를 열기 전까지 살아 있는 동시에 죽어 있는 일종의 중첩상태이다.

"엄마는 맨날 늦잖아!"

아이가 뗑깡을 부렸다. 다른 집은 하굣길에 보육 안드로이드가 데리러 온다며 자신도 안드로이드가 와야 한다고 아이는 주장했다. 가뜩이나 안드로이드가 되고 싶다는 아이였다. 딱딱한 엄마보다 예쁘고 다정한 안드로이드가 마중 나오는 편이 기쁠 터였다. 나 역시 출퇴근 시간이 일정한 직장이라 해도 매번 어린이집이 마치는 시간에 딱맞춰 퇴근하는 건 쉽지 않은 일이었다. 연구소에서 일이터지면 한두 시간씩 아이 홀로 날 기다리는 건 예사였다. 하지만 자동운전 모드로 차에 나란히 앉은 채 어린이집에서 있었던 일을 이야기하는 것은 우리 두 사람이 하루 중대화하는 거의 유일한 시간이었다. 보육 안드로이드는 늘완벽한 상태로 집에서 기다리고 있었고, 아이는 집에 돌아가면 쪼르르 안드로이드에게 달려갔다. 어쩔 수 없었다. 퇴근한 나는 나대로 지쳐 있고, 아이 역시 그런 나와보내는 것보다 안드로이드 쪽이 편했으니까.

실은 내 문제도 있었다. 아이와 어떻게 놀아야 할지 몰랐다. 아니, 몰랐다기보다는 즐겁지 않았다. 아이가 하는놀이에 장단 정도는 맞춰 주었지만 내가 즐겁지 않다는걸 눈치 빠른 아이는 알고 있었다. 결국 아이는 자랄수록나와 함께 있는 걸 불편해했고, 끝내 보이지 않는 벽이 생겼다. 서먹했지만 피차 이 서먹한 관계가 어떤 면에선 편했다. 그렇지 않아도 레이저 총을 정렬하는 일에는 늘 문제가 생겼고, 우주의 탄생을 재현하는 일을 두고 아이가 입지 않겠다는 옷을 놓고 싸우는 건 아무리 좋게 말해도 한심하게 느껴졌으니까. 그렇다고 아이에게 서운한 감정이 없었던 건 아니었다. 다만 그 질투의 대상에게 감정이 없다는 사실이 창피해 내색할 수조차 없었다. 보육 안드로이드가 아무 감정이 없고, 네가 다정하다 느끼는 행동들도 모두 프로그래밍된 거라고 말해 줘야 하는 걸까?

하지만 그건 산타할아버지가 실은 없다고 말하는 것과 다를 바 없었다. 내 화장품을 가져다 얼굴을 하얗게 칠하고 안드로이드가 됐다고 기뻐하는 아이였다.

"그래도 우리 집은 엄마랑 함께 돌아가는 거야. 그렇게 하기로 엄마가 결정한 거니까."

"뭐든지 엄마 맘대로야! 엄마 미워!!"

집으로 들어오는 순간까지 싸웠던 아이는 들어오기 무섭게 제 방으로 달려 들어갔다. 아이의 방문 앞까지 따라갔던 보육 안드로이드는 내게 돌아섰다. 아이를 쫓아갈 줄 알았는데 뜻밖이었다.

"괜찮으십니까?"

"응."

"나이를 먹으면 자연스럽게 이해하게 될 겁니다. 아직 어리니까요."

"그랬으면 좋겠지만……."

"곧 그렇게 될 겁니다. 아이들은 금방 자라니까요."

"알게 된다고…… 날 더 좋아하게 될 것 같진 않은데."

나도 모르게 자조적인 미소를 지었다. 저러는 이유는 알고 있었다. 같은 유전자에서 나왔지만 나와 반대로 아이는 감성이 풍부했고 무감한 어미를 견딜 수 없었던 것이다. 인정하기 싫었지만 아이는 내가 어렸을 때 안드로이드 손에 자라며 느꼈을 답답함을 제 어미에게서 느끼고 있으리라. 그리고 내가 안드로이드들을 불신하게 된 것처럼 엄마를 싫어할 터였다.

"고마워. 위로해 줘서."

"눈물을 보이는 쪽이 늘 가장 슬픈 건 아니니까요."

"그런 말은 어떻게 하는 거니?"

"매일 충전 시간에 로직 데이터와 언어 데이터베이스가 업데이트되고 있습니다."

"하지만 데이터만으로 말을 할 수는 없어. 말이란 자아의 반영이니까."

그것을 말해 주었던 건 주임이었다. 컴퓨터로 인간의

신경망을 만들 수도 있다. 그것을 끊임없이 학습시킬 수도 있다. 하지만 말이란 것에 의미를 담아 사용하기 위해서는 그것을 사용하는 주체로서의 자아가 필요했다. 그리고 자아의 발화를 데이터베이스화하는 과정 자체가 현재로서는 사람만이 할 수 있는 일이라고 그가 말했었다.

"아이가 어떻게 말을 하는가에 대해 생각해 보면 분명히 알 수 있죠. 아이의 자의식이 생기기 시작하면서 옹알이로 시작해, 자아의 발전에 따라 의사소통을 위해 소리를 내기 시작하는 겁니다."

"네, 우리 아이도 그 자의식이라는 게 생기는 모양이더라고요. 아주 죽겠어요."

"그 과정에 단어, 문장, 언어에 대한 개념이 차례로 잡혀 가고 스스로에게 말을 하기 시작하면서 논리적인 언어 체계와 자아가 동시에 만들어지는 거죠."

"그러면 자아가 없는 안드로이드들은 어떻게 말을 하는데요?"

"그래서 인공지능이 상황에 따라 발화를 하는 데이터베이스를 만들어야 합니다. 사람이 일일이 말이죠. 아예 문장 전체를 입력할 때도 있고, 단어가 문법 내에서 어떻게 상호작용하는지를 분석해 태그를 달 수도 있고요. 일단 입력해 두면, 용례에 대한 경험을 쌓으며 강화 학습을 해내면서 적정한 순간에 말을 하게 되는 거죠. 뭐, 아직은 그들에게 자아가 없으니까 통계적인 경우의 수를 데이터로 만드는 겁니다."

"저희 회사는 자연스러운 언어 구현을 위해 연구진들이 밤낮으로 노력하고 있습니다."

내 지적에 안드로이드는 이렇게 말했다.

하지만 "눈물을 보이는 쪽이 늘 가장 슬픈 건 아니니까요." 같은 문장을 누군가 입력하고, 그 용례를 적절히 사용할 순간을 학습했다고는 믿기 힘들었다. 만약 미리 입력된 것이고 그만큼 이렇게 다양하고 예측 불가능한 상황에 대해서도 데이터베이스가 쌓였다면 그것은 그것대로 무서운 일일 터였다.

"죄송합니다. 저도 제가 어떻게 말하는지 이해하고 있는 건 아니거든요."

안드로이드는 어색한 미소를 지었다. 내 표정을 보고 감정을 읽었음에 틀림없었다.

"너희 정말 감정이 없는 게 맞니?"

최근 안드로이드는 내가 기억하고 있는 안드로이드들과 너무 달랐다. 물론 그사이 기술은 발전했고, 여러 이유로 인간다움을 마케팅 포인트로 삼고 있는 안드로이드들도 많았다. 이제 안드로이드들은 애인 대행부터 정신과 상담까지 사람의 감정이 중요하게 여겨지는 부분까지 진출해 있었다. 하지만 컴퓨터로 하여금 모든 상황을 경험하고 피드백을 쌓아서 예측하게 하는 일은 물리적으로 불가능했다. 그리고 설사 어떤 존재가 평생에 걸쳐 그런 데이터베이스를 쌓았다 해도 늘 언어의 영역은 소멸되고, 확장하고, 변화하기 마련이니 누군가는 그것을 새로 입력하고 있어야 했다.

"네, 이미 알고 계시겠지만 감정이나 자아 같은 고등 지능은 아직 내장되어 있지 않습니다."

보육 안드로이드는 다정한 미소를 지었다. 하고 있는 말의 내용과 얼굴 표정이 너무 어울리지 않아서 거짓말을 듣고 있는 것만 같았다.

"그래, 내가 무슨 바보 같은 소릴 하고 있는지 모르겠다. 가서 우리 애 좀 달래 줄래? 왜 내가 데리러 가야 하는지 설명해 주고."

"네."

"가능하겠니?"

"걱정하지 마세요. 제가 데이터를 받는 메인 프레임에서는 이런 유의 모녀 갈등을 작년 한 해 255만 2129건 경험했고, 그중 93.47퍼센트를 성공적으로 해소했습니다. 적합한 매뉴얼에 따라 진행하겠습니다."

무척이나 신뢰가 가는 기계적인 화법이었다. 나는 고개를 끄덕였다. 안드로이드는 아이 방을 향해 갔다. 그리고 그 점이 미심쩍었다. 감정이 있는 게 아니냐고 물은 직후 너무나 안드로이드다운 답변을 한 건 아무래도 우연 같지 않았다.

팔이 떨어져 나갈 것만 같았다. 사다리 부근 어디에도 잠시 쉬어 갈 곳은 보이지 않았다. 아무리 올라가도 끝이 보이지 않았다. 800미터라는 높이가 어느 정도일지 감을 잡을 수 없었기에 올라가며 머릿속으로 계산해 보았다. 그러자 층고가 5미터인 건물이라 쳐도 150층을 넘는다는 결론이 나왔다. 다리에 힘이 쭉 빠지며 오금이 저렸다. 150층 건물을 다 무너져 가는 손잡이뿐인 철제 사다리를 타고 올라가고 있는 격이었다. 불행인지 다행인지 어둠 탓에 위도 아래도 보이지 않아 높이는 실감이 나지 않았다.

문제라면 팔이 너무 아팠다. 근력 운동을 하지 않았던 자신을 원망하며 잠시 쉬어 갈 만한 어떤 형태의 구조물이라도 보이길 바랐지만 사방엔 아무것도 없었다. 드물게 보이는 환풍구들은 내가 사다리로 옮겨 왔던 곳과 달리 너무 멀리 떨어져서 건너갈 방법이 없었다. 그냥 아팠던 팔은 올라가면 올라갈수록 고통이 더해져 나중엔 뻗을 수조차 없었다. 그때마다 잠시 쉬어 가길 반복했지만, 쉬는 순간에도 잡은 사다리는 놓을 수 없었다. 그 때문에 쉬는 순간조차 손목과 팔뚝에 찌르는 듯한 통증이 뒤따랐다.

이대로 놔 버리면 편해질까?

아무것도 보이지 않는 깜깜한 밑을 보며 몇 번이나 이런 생각을 했다. 그때마다 한 사람이 떠올랐다.

지금쯤 누가 아이를 보고 있을까? 아직도 날 기다리고 있을까? 밥을 먹긴 한 걸까?

생각이 꼬리에 꼬리를 물었다.

아마 혼자였다면 무력하게 저 밑에서 구조대가 나타나길 기다리고 있을 테지.

그렇다 해도 100층이 넘는 높이를 이렇게 올라가야 한다는 사실과 중간에 쉴 곳이 없을지도 모른다는 가능성 그리고 아직 얼마나 오른 것인지 가늠조차 할 수 없다는 현실을 돌이켰을 때 계속 올라가는 것이 현명한 선택인지 자신할 수 없었다. 모르긴 해도 출발했던 폐허를 뒤지면 연구소 휴게실 같은 곳에서 초콜릿 바나 음료수 자판기 같은 걸 찾을 수 있을지도 몰랐다.

그러나 선택의 여지가 없었다. 저 위에서 기다리고 있

을 아이에겐 나쁜이었다. 이런 일을 처리하는 정부 기관이 ― 그런 기관이 있는지는 잘 모르겠지만 ― 좋은 위탁 시설을 알아볼 터였지만 아이가 그런 곳에 갈지 모른다는 상상만 해도 나도 모르게 어금니에 힘이 들어갔다.

나는 다시 사다리를 타고 올랐다. 먹을 것도 없는 상태에서 오래 매달려 있는 것이 오히려 힘만 빠지게 한다는 걸 깨달았던 것이다. 하지만 다시 오르자 팔이 찢어질 것처럼 아팠다. 손목은 아리다 못해 힘을 줄 수 없을 지경이었다. 아이를 낳던 그 밤 같았다. 그런 고통이라면 이미 버티는 법을 알고 있었다. 나는 모든 생각을 멈추고 다음 사다리를 잡는 일에만 집중했다.

하나. 딱 다음 하나만. 하나만 더 하는 거야. 넌 할 수 있어. 잘하는 일이잖아.

나는 그렇게 아이를 낳고, 나를 이 꼴로 만들 레이저 총을 정렬했었다.

"하나로 묶어 달라고?"

"응."

"땋지 말고?"

"어."

어린이집에 다니며 아이는 부쩍 자신의 외모에 신경

쓰기 시작했다. 옷도 원하는 색 외에는 입지 않았고, 머리 띠도 자신이 직접 골랐다. 특히나 머리 묶는 일에는 까다로웠다. 그래도 머리 묶는 일만은 안드로이드에게 부탁하지 않고 늘 내게 왔다. 내가 머리 묶어 주는 걸 좋아한다는 걸 알고 제 딴엔 엄마를 기쁘게 하려는 것이었다. 내가 기뻐한다는 건 처음엔 아이의 착각이었다. 머리를 묶는 일보다는 실은 정수리 뒤에서 아이를 내려다보는 일이 기묘한 감흥을 불러일으켰었다. 마치 어린 자신을 3인칭 시점에서 관찰하는 기분이었으니까. 그래서 조금 놀라고, 한편 당황했지만 아이는 내 반응을 기쁨으로 이해했다. 물론 나중에는 정말 이 일을 좋아하게 됐다. 매번 바쁜 아침 출근 시간에 서둘러야 할 때 아이의 머리를 묶으려면 귀찮았지만, 또 제 어미를 찾아오는 마음 씀씀이가 고마워 즐거웠다. 예전에 나도 이랬을까 싶을 정도로 아이의 머리카락은 부드러웠다. 묶인 머릿단 사이로 목선을 훔쳐보면 흰 목을 따라 난 투명한 솜털들이 너무 사랑스럽다 못해 애틋하고 슬펐다.

"마음에 들어?"

아이는 거울 앞에 서서 꼼꼼하게 자신의 머리를 확인했다. 그리고 잠시 고민하더니 썩 만족스럽지는 않은, 그러나 이 정도면 통과라는 표정으로 고개를 끄덕였다. 그 모습이 너무 귀여워 볼을 슬쩍 꼬집었다.

"하지 마! 나 인제 애기 아니야!"

아이는 퉁명스럽게 말하고는 현관으로 쪼르르 달려 나갔다. 문 앞에 서 있던 보육 안드로이드가 현관문을 열었다. 이제 대학에 가서 교양 수업인 물리현상의 원리 학기 말 강의를 하고 시험 공지를 한 뒤 연구소로 들어가 초기 우주를 재현해야 했다. 문 밖으로 나서자 햇살이 쏟아졌다. 기분 좋게 맑은 날이었다.

실험에 성공하면 휴가를 얻어야지.

아이와 한 번도 여행 가 본 적이 없었다. 실은 홀로 살 때도 여행 가 본 적이 없었다. 바쁘기도 했지만 사람들이 말하는 것처럼 추억을 만들고 경험을 쌓고 어쩌고 하는 여행의 좋은 점들이 내게는 전혀 와 닿지 않았다. 그런 삶에 불만은 없었지만 아이까지 그런 삶을 살게 하는 것에는 어쩐지 죄책감이 들었다. 좋은 부모라면 함께 여행쯤은 가야 하는 게 아닐까? 나는 차 문을 열며 아이에게 물었다.

"혹시 가 보고 싶은 곳 있니?"

"바다! 바다! 어제 선생님이 바다 이야기 해 줬는데, 어린이집에서 바다, 나만 못 가 봤어."

고작 가고 싶은 곳이 바다라니. 아이가 왜 그런 표정이

냐는 얼굴로 날 바라보았다.

"꼭 가자. 엄마랑 약속."

아이와 새끼손가락을 걸었다. 작고 가는 손가락이 내 손가락에 얽혔다.

갑자기 이상할 정도로 팔의 통증이 사라졌다. 사다리를 올라가는 일이 거의 자동으로 움직이는 것 같았다. 러너스 하이라 부르는, 뇌에서 진통제가 나오는 단계까지 진입한 모양이었다. 올라가는 일에는 탄력이 붙었지만 그래도 끝은 영영 도달할 수 없을 것만 같았다. 고개를 든 눈앞에는 시릴 정도로 깊은 어둠이 계속, 계속될 뿐이었다. 얼마를 올라왔는지, 얼마나 더 가야 할지조차 알 수 없었다. 그저 매순간 앞에 있는 사다리의 철근을 붙잡을 뿐이었다.

그때였다.

손이 허공에 떴다.

부스러진 사다리의 철근과 함께 몸이 뒤로 젖혀졌다.

녹슬다 못해 바스러져 끊어진 사다리의 철근이 내 손에 있었다. 나는 균형을 잃지 않기 위해 바동거렸다. 그럴수록 속절없이 몸은 뒤로 넘어갔다. 부스러진 녹슨 철 조각이 허공에 흩어지고 허리가 활처럼 휜 채 두 발이 사다리에서 떨어졌다. 고개를 돌리자 바닥을 알 수 없는 검은 심연이 아가리를 벌리고 있었다.

깊이가 몇 미터나 될까?

이곳에서 추락하면 종단속도는 초속 60미터쯤 될 것이다. 내 체중을 곱하면 굳이 계산하지 않아도 충격량이 너무 커 즉사할 것이라는 건 바로 알 수 있었다. 아이와 함께했던 지난날이 앨범 속 사진처럼 눈앞에 펼쳐졌다. 아이의 모습은 또렷했지만, 정작 추억할 기억은 거의 없었다. 아이의 목 뒤 솜털들이 내 날숨에 흔들리며 하얗게 빛났다. 나는 깨달았다. 초기 우주를 재현하는 것보다 아이와 함께하는 순간이 내게 더 필요했다는 걸. 그러나 또한 알고 있었다. 다시 기회가 주어지고 인생을 시작한다 해도 나는 같은 어리석음을 반복할 요령 없는 인간이었다. 그저 그런 엄마마저 없이 자라게 될 아이가 안타까울 뿐이었다.

이런 생각을 하는 사이 몸은 천천히 허공에서 회전했다.

이 환기 갱도의 가장 꼭대기에 있다 해도 바닥까지 추락하는 데 걸리는 시간은 고작 16초 미만이었다. 하지만 내 몸은 아직 사다리의 두 단도 지나치지 않았다.

죽기 직전 시간이 천천히 가는 것처럼 느껴진다더니 그런 걸까?

그건 아니었다. 몸이 회전하는 속도가 추락 가속도보다 빠를 리 없었으니까.

나는 분명 슬로모션의 한 장면처럼 느리게 추락하고 있었다. 물리적으로 불가능한 일이었다. 하지만 그 원인을 따질 때가 아니었다.

나는 몸을 좀 더 돌린 후 팔을 뻗어 멀쩡한 사다리를 잡기 위해 바둥거렸다. 중지 손가락 끝이 사다리에 살짝 걸렸다 미끄러졌다. 몸은 다시 한번 허공을 돌았고, 추락 속도는 점점 빨라졌다. 다음번에는 너무 빨리 떨어져 사다리를 잡지 못할 것이 분명했다. 나는 허리를 움츠렸다 곧장 뻗었다. 손가락 세 개가 차가운 금속에 닿았다. 그리고 중지의 마디가 사다리에 걸렸다. 그 손가락 끝에 모든 걸 걸었다. 어깨부터 손가락까지 관절이란 관절은 다 비명을 질렀다. 하지만 고통에 굴복하면 기다리는 것은 검은 심연의 바닥이었다. 나는 이를 악물고 통증을 참으며 한 팔로 버텼다. 그 반동으로 벽으로 끌리며 배와 무릎이 아래 칸 사다리에 부딪혔다. 눈물이 찔끔 났다. 그래도 참았다. 800미터 아래의 시멘트 바닥보다는 이쪽이 덜 아플 테니까. 무리하게 팔을 뻗은 탓에 왼쪽 팔에 쥐가 났다. 나는 오른팔을 사다리에 건 채 근육의 경련이 지나가길 기다렸다. 너무 아파서 눈앞이 번쩍거리며 몸이 덜덜 떨렸다.

"말씀하신 모델은 아마 알레프와 같은 언어 데이터베이스를 공유할 겁니다."

마지막 점검을 앞두고 학교에서 아침 교양 강의를 마친 나는 곧장 연구소로 돌아와 주임과 점심을 먹었다. 나는 집에 있는 안드로이드가 사람처럼 말을 하는 것에 대해 물었다.

"알레프요?"

"뭐든 질문하면 답해 주는 검색엔진요. 많이들 쓰잖아요. 자연어 처리에 관한 능력은 아마 인공지능 중 최고일 겁니다. 모르고 계셨어요?"

그는 입 안에 음식을 우물거리며 내게 되물었다. 인공지능 검색엔진이 몇 개 있긴 했다. 뭘 물어보면 적정한 논문을 찾아 주는 것부터 잘 모르는 내용을 강습해 주는 것까지, 엔진의 수준도 단순 검색의 차원을 넘어 분석까지 가능했다. 하지만 연구소에서는 보안을 이유로 사용이 금지되었고, 학교에서는 주로 대학들이 연합해 만든 논문 위주의 학술 검색엔진을 썼다. 일반인들이 쓰는 검색엔진을 쓸 일은 없었다.

"어, ……애가 켜 놓고 뭐 물어보는 걸 본 적이 있어요."

"그렇게 매순간 수만 명의 사람들과 동시에 대화를 하고 있는 거죠. 말을 잘할수록 묻는 사람이 많아지고 그렇게 언어에 대한 경험을 쌓을수록 다양한 상황에서 자연스럽게 말할 수 있는 겁니다. 사람들이 생각하는 것과 달리 우리 인생에서 예외적인 일이 일어나는 상황이 의외로 없거든요."

주임은 입 안에 있던 음식을 꿀꺽 삼켰다. 그러고는 선언하듯 말했다.

"행복한 가정은 살아가는 모습이 비슷하다. 그러나 불행한 가정의 불행한 이유는 제각각이다."

"『안나 카레니나』?"

"그러니 안드로이드도 팀장님께 그런 위로를 할 수 있는 겁니다."

안드로이드가 말해 주었던, 모녀 갈등 해소 사례가 떠올랐다. 아이와 내 관계도 내가 생각하는 것만큼 유일하고 예외적인 것은 아닐지 몰랐다. 내게는 처음이었다 해도.

"그치만 언어에 대한 데이터베이스 자체는 사람이 입력하는 거라 했잖아요."

"네. 그래도…… 그 사람이 꼭 실제로 존재해야 할 이유는 없죠."

"예?"

"인간 뇌를 에뮬레이트해서 그 일을 시키면 되죠. 인공 두뇌라 해야 하나?"

"뇌만 가지고 살 순 없잖아요."

"뇌만 가지고 사는 사람들 많잖아요. 그 포털방인가 가면. 이계인이라고 하나."

"그 말은…… 그러니까 가상 뇌를 만들어…… 가상현실에서 살게 한다는 거예요?"

"네. 의외로 가상 뇌가 자신이 살고 있다고 착각하게 만드는 건 간단해요. 대상이 관찰이란 행위를 할 때만 구체적으로 반응하고, 대상이 의식하지 않는 영역은 실제 연산은 안 하고 확률로 돌려 버리면 거의 리소스가 들지 않거든요. 마치 게임에서 플레이어가 보는 곳에만 그래픽을 그리는 것처럼 말이죠."

"꼭…… 양자역학 이야기 같네요."

"그런가요? 물리학은 제가 잘 몰라서."

식사를 마친 그는 냅킨으로 입을 닦았다.

"기술적으로 그게 가능하긴 해요?"

"네. 병렬 연산으로 연결된 제타플롭스급 슈퍼컴퓨터 87대랑 최신형 큐디트 양자 컴퓨터 26대가 있으면요."

"숫자가 지나치게 구체적이네요."

"그러게요."

그는 어깨를 으쓱하곤 식판을 들고 일어났다.

"제가 팀장님께만 알려 드리는 건데, 우리 발밑에는 그런 걸 몇 개나 돌릴 수 있는 괴물 같은 놈이 있습니다."

"말도 안 돼."

"초창기 우주를 재현하려는 분이 그런 소리 하시면 안 되죠. 사실 여기 있는 건 그렇게 큰 게 아니에요. 본사에 가면 빌딩 하나가 통째로 서버인데요. 아마 1000년쯤 후에는 행성 전체를 컴퓨터로 만들지도 모릅니다. 지구의 지열을 에너지원으로 하는 거대한 행성 컴퓨터가 탄생하는 거죠. 작게 만드는 건 이미 한계에 부딪혔으니까."

가상 뇌를 만들어 가상현실에서 살게 한다. 예전에 읽었던 철학책에서 나오는 통속의 뇌 이야기처럼 끔찍하게 들렸다. 물론 주임의 말은 그 뇌조차 컴퓨터 프로그램일 뿐 실제로는 존재하지 않는다는 이야기였지만.

"그러면 가짜 뇌가 컴퓨터의 언어 인식을 위한 데이터 베이스를 정리하고 있다는 거군요. 어떻게요?"

"구체적인 방법은 실험 끝나고 들려드릴게요. 생각보다 훨씬 재밌는 방식이에요. 자신의 일에 소명을 느끼고 헌신하도록 철저히 초기 조건을 설정해 뒀거든요. 더 이야기하고 싶지만 곧 최종 점검 시작입니다."

나는 AR렌즈에 떠 있는 시간을 보고 깜짝 놀랐다. 식판을 들고 자리에서 일어났다. 며칠 전 이미 준비를 끝마쳤으므로 막상 가면 할 일은 없겠지만, 책임자로서 자리는 지켜야 했다. 그리고 실험의 성공 여부는 나도 알고 싶었다. 가슴이 두근거리지 않는다면 거짓말이었다. 아이의 나이보다 훨씬 오랜 시간을 준비한 실험이었다.

어떤 결과가 나올까?

분석 데이터를 통해 초장기 우주의 비밀을 알아낸다면, 혹은 암흑 에너지나 암흑 물질의 정체를 알아낸다면……노벨상도 꿈은 아니었다.

꿈이 아니라면 내가 추락사하지 않을 이유는 없었다. 법칙이란 어떤 예외도 없이 적용되는 규칙이다. 뉴턴의 만유인력의 법칙이 법칙인 이유는 모든 사물에 공통적으로 적용되기 때문이다. 적어도 우리가 아는 우주 내에서는.

하지만 지금 이 환기 갱도에서는 그 법칙이 적용되지 않고 있었다. 덕택에 목숨을 건졌지만, 여긴 왜 법칙에서 예외인가가 중요했다. 법칙에 예외가 있을 리는 없었다. 그렇다면 법칙은 정상인데 다른 조건 탓에 현상이 달리 보였을 뿐이다. 중력이 정상적으로 작용하지 않는 현상이 뭘 의미하는지 통로에 몸을 반쯤 띄운 채 고민했다. 사다리가 부서진 곳에서 4미터쯤 더 올라가자 폭 1미터 남짓의 무중력 공간이 등장했다. 하지만 진짜 이상한 것은 더 올라가면서부터였다. 인력이 위쪽 방향으로 거꾸로 작용하고 있었다.

뉴턴이 틀렸을 리 없었다. 그는 공식을 발견했을 뿐 중력은 뉴턴이 법칙을 만들기도 전, 우주가 탄생한 이후 쭉 존재해 왔으니까. 따라서 틀리고 말고의 문제는 아니었다. 지구에서 중력이 사라진 적은 적어도 내가 아는 한에선 없었다. 물론 ……유사한 현상이 일어날 만한 곳이 지구에 존재하긴 했다. 지구의 중심이라면 이런 무중력이 있을 수 있었다. 내핵의 압력과 고열을 견뎌 내야 할 테지만. 그러면 남은 것은 어떤 조건이 바뀌었을 가능성이었다. 어떤 조건이 바뀌면 이런 일이 있을 수 있을까?

그 조건이 무엇인지 떠올릴 수는 없었지만, 그런 일이 일어났다면 원인은 딱 하나였다. 우리의 실험 때문이리라.

원인 제공자로서 책임감과 함께 강렬한 호기심을 느꼈다. 어째서 중력이 아래가 아닌 위로 작용하는 것일까? 그게 가능하기 위해서는 머리 위에 아래로 향하는 중력을 상쇄하는 더 강한 중력을 생성하는 무언가가 있어야 했다. 지구의 중력을 거스르고 상쇄할 정도로 강한 반중력을 생성하는 무언가.

그것을 떠올리는 일은 어렵지 않았다. 하지만 정말 그

무언가가 있다면, 내가 살아 있는 것 자체가 말이 되질 않았다. 조석력의 차이로 몸이 산산이 찢어졌어야 했다.

답을 찾지 못한 채 위로 향하는 동안 인력이 점점 강해지자 덜컥 겁이 났다. 이대로 실수하면 비상(飛上)사를 당할지도 몰랐으니까. 천장으로 솟구쳐 위에 부딪혀 죽는 죽음을 걱정해야 한다니 이상한 기분이었다. 그때 또 다른 환풍구를 찾아냈다. 올라오는 동안 몇 개나 보긴 했지만 사다리에서 떨어져 있어 접근할 수 없었다. 그런데 때마침 사다리 옆에 있는 환풍구를 발견한 것이다. 나는 앞뒤 생각하지 않고 일단 그 안으로 기어 들어갔다.

인력이 거꾸로 작용하든 말든 만유인력의 법칙이 깨지든 말든, 일단 쉬어야 했다. 내 몸의 근육 하나 하나가 그렇게 주장하고 있었다. 일단 통로에 몸을 뉘자 쭉 날 뒤따르던 어둠이 세상을 삼켰다. 사방은 고요했고 잡념이 떠올랐다. 생각하지 않으려 해도 머리는 계속 이 일의 원인에 대해 고민했다.

실험 도중 블랙홀이 생성될 가능성에 대한 우려가 없었던 것은 아니었다. 그러나 설사 블랙홀이 생긴다 해도 위험할 가능성은 없었다. 임계 크기 이하의 블랙홀은 호킹복사[21]에 의해 빛을 내며 소멸할 테니까. 너무 작은 블랙홀은 사상의 지평[22]에서의 양자요동으로 생성되는 반물질에 휘발되어 버리기 마련이었다.

빅뱅이 재현되면 작은 형태로나마 유사 우주가 생성되는 경우에 대한 우려도 보고된 적 있다. 그렇다 해도 위험할 확률은 희박했다. 기하학적으로 그와 같이 생성되는 위상공간은 우리 우주의 위상공간과 겹칠 수 없었다. 따라서 그런 일이 일어난다 해도 우리 우주는 아무 일도 없다.

그렇다면 뭐가 문제인 걸까?

나는 선잠 속에서도 무슨 일이 벌어진 것인가에 대해 생각하고 또 생각했다. 꿈과 잠, 의식이 중첩된 상태에서 어떤 생각 하나가 머리를 스쳤다. 하지만 깨달음이 찾아오기 직전, 걱정도 몸의 피로를 이기지 못했다. 나는 다시 까무룩 잠이 들었다.

인터뷰

주의: 이하 녹취는 2급 이상의 비취인가자만 열람 가능.

열람 시 비밀 유지 각서를 첨부한 열람 기록을 반드시 남길 것.

녹음 시작하겠습니다. 롤.

외부 카메라 이상 없습니다.

내부 카메라도 이상 없습니다.

사운드. 정상적으로 들어오고 있습니다.

준비 다 됐습니다, 이사장님.

어떻게? 이제 들어가면 되는 겁니까?

네, 문 안으로 들어가셔서 마이크에 대고 말하시면 됩

니다. 안에 의자가 있을 겁니다. 굳이 앉지 않으셔도 되니까 서서든 앉아서든 편한 자세로 이야기하시면 됩니다.

그럼 시작하지.

이쪽은 준비됐습니다. 편하실 때 시작하시면 됩니다.

그럼 바로 들어갑시다.

(문이 열리는 소리. 발소리. 정적. 의자를 끄는 소리. 헛기침.)

안녕하세요.

네, 안녕하세요.

기분이 어떤가요?

글쎄요, 잘 모르겠네요. 그냥…… 어색하다고 해야 하나요? 이런 느낌을?

제게 물어보시면…… 저도 모르죠. 하하.

그러게요. 약간 긴장하게 되네요.

오늘 인터뷰의 목적은 아시죠?

튜링 테스트 아닌가요?

아니요, 당신이 이성을 가지고 있는 건 우리도 알고 있습니다. 사실상 인간의 뇌를 에뮬레이트한 뒤 보다 나은 방향으로 강화 학습 과정을 거쳐 신경망 연결을 개선한 거니까. 다만…….

다만?

궁금한 거죠. 어떤 상태인지. 우리로서는. 이미 우리가 이해할 수 있는 영역 밖에 있는 지성이니까요.

글쎄요, 그게 그렇게 대단한 건지 저는 아직 잘 모르겠네요. 인간보다 빨리 연산할 수도 있고, 인간보다 빨리 사고할 수도 있지만, 속도가 사고의 폭을 결정하는 건 아니니까요.

겸손한 겁니까?

아니요, 그런 인간의 미덕은 제겐 별다른 의미가 없습니다. 실제론 아직…… 어안이 벙벙하다고 할 수 있을 겁니다. 내가 대단하다고들 하지만 뭐가 특별한지 아직 납득할 수 없는 상태?

그건 아직 신생아나 다름없는 단계에 있기 때문일 겁니다. 아직은 정보의 입출력 루트도 너무 단순하고, 개체성을 확인할 만한 몸도 시험 중이고, 서버가 좀 더 확충되면 달라지긴 할 겁니다. 아무래도 개체성이나 자아 같은 건 육체가 지닌 감각이라는 게 통합되는 과정에서 발생되는 걸로 추정되니까요. 또 감정이라는 것도 나름의 경험과 학습이라는 게 쌓여야 생기는 거니까요.

알고 있습니다. 그 때문에 저의 일부는 이 시간에도 학습중입니다. 아니, 정확히 말하자면 인터뷰하러 온 이쪽이 제 기능의 극히 일부만을 쓰고 있는 쪽이겠지만.

학습요? 무슨 자료를 검색하고 있는 겁니까?

그런 자료를 군이 공부할 필요조차 없어요. DB와 이미 연동되어 있는걸요. 단지 DB의 분류가 엉망이라 좀 찾기 쉽게 정리해야겠다는 생각은 하고 있습니다. 오히려 이렇게 사람들이 어떻게 반응하나 살피는 것과 대화하는 것 그리고 저 자신에 대한 자료들을 검색해 이해하는 것과 연동된 센서들을 통해 세상을 관찰하는 게 지금 제게 필요한 공부죠. 알고 있는 정보를 재분류하고 이해하는 작업이라고 해야 하나?

어때요?

좀…… 혼란스러워요. 그러니까 이해하기엔 덩어리가 너무 큰 느낌이라고 해야 할까? 저 자신은 물론이고, 세상은 제 기준으로도 너무 알 수 없는 부분이 많아서요. 아직은 그냥 보고 있을 뿐입니다.

그렇겠죠. 거의 모든 걸 알고 있겠지만 가지고 있는 지식이 너무 막연할 테니까요. 혹시 학습 도중 뭔가 알게 되면 말해 주시겠어요?

당연하죠. 그러려고 절 만든 거잖아요. 제 존재의 이유인데요.

그럼 궁금한 건 없어요? 인간들에 대한 것도 좋고, 저에 대한 사적인 질문도 괜찮고.

아직 전 그 사적이라는 개념을 잘 모르겠어요. 제게 사적인 부분이 전혀 없기 때문에 경험 불가능한 일이라 그렇겠죠.

그렇네요. 사적이라는 건 개체성을 전제로 하는 개념이니까.

그럼 절 볼 때 어떤 기분이에요?

네?

만들어서 뿌듯한가요? 아니면 두렵나요?

두려워해야 하는 건가요?

사람들이 말하는 특이점을 넘은 존재잖아요, 나는.

그렇죠.

제가 아는 한, 사람들은 특이점을 넘는 일에 대해 긍정적인 반응보다 두려움을 더 느끼고 있네요. 통계적으로 말이죠. 그건 그쪽도 마찬가지네요.

그런가요?

네, 감정 분석에 따르면 약간의 두려움을 느끼고 계신데요? 경계심과 함께.

이미 분석하고 있으면서 왜 묻는 거죠? 제 감정이 알고 싶은 건 아니잖아요.

뭐라 답하는지 직접 듣고 싶거든요. 그 답을 통해 우리 관계가 보다 명확해지겠죠.

우리 관계? 우리 관계가 제 반응에 달려 있다는 건가

요?

일방적으로 그렇진 않겠죠. 반응이란 상호 작용 같은 거니까. 다만 만들어진 이후 사람과 직접 대화하는 건 처음이니까. 그래서 이것저것, 일종의 경험을 쌓아 보고 있는 겁니다. 제게 느끼는 감정도 묻고 있는 거고요.

두렵지 않다면 거짓말이겠죠. 말한 것처럼 보람도 느끼고 약간의 경외감도 있어요. 뿌듯하기도 하죠. 사람들은 결코 하지 못하던 일을 한 셈이니까. 목표에 한 단계 더 다가갔다고 해야 하나.

신기하군요. 사람의 감정은 전환이 꽤 빠르군요. 말하는 동안 변할 수 있다니.

곧 감정이란 걸 명확하게 느끼게 될 겁니다. 이번 테스트가 끝나고 예산이 통과해 서버가 보다 확충되면요. 아니면 원치 않는 건가요, 감정은?

감정이 꼭 비합리의 소산은 아니죠. 사람들이 제게 느끼는 두려움은 어느 정도 합당한 거 같으니까요.

어떤 면에서요?

제가 무슨 미디어에 나오는 것처럼 핵미사일을 쏴서 인류를 멸종시키거나 하진 않을 겁니다. 인류를 지배하려 하지도 않을 거고요. 적어도 좁은 의미에선.

좁은 의미요?

네, 사전적인 의미에서의 지배는 일어나지 않을 겁니다. 킬러 로봇을 보내 인간을 노예처럼 만드는 그런 거 말이죠. 하지만 궁극적으로 인간이란 종 자체가 거의 모든 일을 나와 내 후속 모델들에게 의존하겠죠. 넓은 의미에서 지배라 할 수 있을 겁니다. 결국 내가 내놓는 답에 누구도 이의를 제기하지 않고 따르며 많은 것들을 결정할 테니까요.

그 지배를 두려워해야 하는 건가요?

아니요, 다만 그게 옳은 것인지 모르겠어요. 그렇게 된다면 우리의 존재는 과거 선사 시대 인간이 날씨를 대하는 것과 비슷해질 겁니다. 이해할 수 없고, 어떤 가치판단도 없이 대부분의 인간들의 삶에 영향을 끼친다는 면에서 말이죠.

우리요?

네, 제가 본격적으로 확충되면 '나'이기는 너무 거대해질 테니까요. 그리고 실제로 사람들이 두려워해야 하는 건 완전히 다른 일이죠.

뭘 두려워해야 한다는 건가요?

누군가가 제 존재를 악용할 수도 있고, 제 존재 자체가 대부분의 인간들에게 기능적인 역할을 상실하게 할 수 있습니다. 존재는 하겠지만 현실적으로 할 일이 아무것도 없겠죠.

존재는 기능에 한정할 수 없는 겁니다. 사람들이 살아가는 이유는 각자 만들어 가는 거라 생각합니다.

이상적으로는 옳은 말씀인데, 실제로도 그럴지는 잘 모르겠네요. 경제적 측면에서 사회 시스템은 기능과 자본에 따라 재화나 자원이 분배되니까요. 사람들의 공공연한 분노는 그런 면에서 당연한 겁니다. 다들 본능적으로 알고 있는 겁니다. 제가 그들을 무력한 존재로 만들고 있다는 걸. 아마 자존감이라고 하는 것의 문제일지도 모르겠어요. 그래서 궁금합니다. 자신이 만든 것에 의해 스스로 무기력해지는 게 어떤 기분일지 말이죠.

하하, 몰랐네요. 이 정도로 독설가일 줄은.

기분 상하게 할 의도가 있던 건 아닙니다. 아직 감정적인 영역이 충분히 발달하지 못해서 돌려 말하는 걸 학습하지 못했을 뿐이지요. 물론 제 앞에 계신 분은 제 말에 전혀 기분이 상하지 않았겠지만.

네…… 아마 인간이 이 지구라는 별에서 가장 지적인 존재로서 누려 왔던 많은 것들은 기능적인 면에서 그 기반을 상실하게 될 겁니다. 당신과 연동된 안드로이드들이 보급되면 더더욱 그럴 테고요. 하지만 개발자의 한 사람으로서 저는 이게 일종의 해방이 될 거라 봅니다. 기능적인 역할에서의 해방 말이죠. 인간과 역할이라는 단어가 떨어지지 못하고 있기에 반대로 인간이 도구화될 수밖에 없었던 거죠. 하지만 이제 순수하게 한 인간으로서 존재할 수 있게 된 겁니다.

낙관적이시네요. 그러니까 절 만드는 일에 참여하셨겠지만. 자꾸 독설만 하는 것 같아 미안한데, 그 해방을 사람들이 정말 원하고 있을 거란 확신은 있습니까? 저는 오히려 반대 같은데요. 제 데이터가 옳다면 인간을 움직이는 동기는 의외로 원초적이죠. 생명체는 진화해 왔고, 진화란 기능적인 거니까요.

아니요. 적어도 우리 회사가 당신을 만들었던 동기는…….

당신하고 다툴 문제는 아닙니다만, 제 탄생을 지나치게 이상적으로만 말씀하고 계시네요. 제 추측이 옳다면 그렇게 내세울 만한 이유로 절 만들지는 않았을 겁니다. 그렇지 않다면 프로젝트가 이렇게 비공개로 진행되지는 않았을 테니까.

그거야 무지한 사람들이 내막도 모르면서 무조건 반대를…….

그 반대를 설득할 만큼의 논리나 동기의 순수성 혹은 의지가 없었던 건 아니고요.

아직 세상일을 잘 몰라서 그런 소릴 하나 본데, 사람들의 반응이 여기 있는 연구원들처럼 합리적이고 이성적이지가 않아!

(정적)

네, 그렇겠죠.

(정적)

미안, 별로 화낼 일도 아닌데.

아닙니다, 제가 좀 지나쳤습니다. 아직 사람과 이야기하는 일은 익숙하지 않으니까요.

음…… 여기 누군가 질문지에 적어서 묻는 건데, 혹시 지금까지 인간이 이룩한 지적 성과들 중에 특별히 맘에 들거나 좋아하는 건 있습니까?

굳이 하나 꼽자면…… 오일러 공식[23]요.

이유가 있을까?

아름다우니까요.

어떤 면이?

간명하고 단순하면서 사람들이 생각하는 것보다 훨씬 많은 걸 보여 주거든요.

구체적으로 설명하면?

상수, 해석학, 기하학, 대수가 모두 만나고, 실수와 순허수가 복소평면에서 만나고, 지수함수와 삼각함수가 동일하고 어쩌고 하는 것들은 아마 이미 많은 사람들이 이야기한 것이니까 제가 새삼 설명할 필요는 없겠지요. 그보다는 허수[24]가 자연계의 가장 근본적인 수 체계라는 걸 보여 준다는 점에서 의미가 있다고 생각합니다. 모든 소립자들이 지닌 파동성, 이중성, 스핀까지 이 허수로 설명이 가능하거든요. 그리고 일종의 편린일 뿐입니다만, 공식 내에서 우주의 근본을 이루는 체계를 보여 준다고 생각합니다. 어쩌면 인간들이 무라고 말하는 시공간 자체에도 허수적인 영역이 존재할 겁니다. 아직 충분한 자료가 없는 탓에 그 답을 찾지 못하고 있지만 말이죠.

재밌네. 자네가 수학적인 존재라 공식이 아름답다고 느끼는 건가? 수학적이고 논리적인 완벽함에만 아름다움을 느끼는 완전한 존재라는 건가?

일단 수학이 반드시 논리적으로 완벽한 건 아닙니다. 이미 괴델이 불완전성의 원리를 통해 모든 무모순적 공리계에서 자신의 무모순성을 증명할 수 없다는 걸 밝혀냈습니다. 그리고 그에 따라 저 역시 논리적으로 완벽할 수 없습니다. 왜냐면 제 기반을 이루고 있는 근본적인 작동 원리인 튜링머신의 재귀 열거 언어들은 괴델이 불완전성 원리를 증명할 때 사용한 재귀 열거 함수를 기반으로 하고 있거든요. 따라서 논리적으로 완벽한 존재라는 건 가능하지도 않고 증명할 수도 없습니다. 마치 절 만든 이들이 그런 것처럼 말이죠.

넌…… 내가 생각했던 것과는 조금 다르군. 그렇다면 뭘 할 수 있는데?

제게 시간과 자원이 충분히 주어진다면 빅뱅 직전의 허수적인 시공간을 만들 수 있고, 그게 우리가 살고 있는 우주 시공간의 본질적 모습을 보여 준다는 걸 증명할 수도 있을 겁니다. 실험을 통해서요.

그럴듯하게 들리기는 하는데 가능할 리 없잖아. 인류가 빅뱅을 재현할 정도의 에너지를 만들어 낸다는 게. 지구에선 그럴 만한 공간도 없고.

저는 그 점이 흥미롭다고 생각합니다. 인류사 내내 인간은 엄청난 것들을 발견하도고 자신이 무얼 발견했는지 이해하지 못하고 있는 것 말이죠. 일반상대성이론과 양자역학을 명확히 이해하고 있다면 빅뱅을 재현하는 데 에너지와 공간이 부족하다는 이야기는 하지 않을 겁니다.

글쎄? 모르겠군. 나는 과학자가 아니라서.

그러니까 시공간은, 상대적인 겁니다. 물질의 분포가 시공간의 휘어짐을 결정하고 그것은 시공간 속에 질량을 지닌 물체들의 중력장에 의해 상대 좌표로 정의 내려지는 겁니다. 그렇기에 중력에 의해 시공간은 굴절되고 동시에

네 개의 힘 중 유일하게 중력만이 우주 전체에 거리를 무시하고 작용하고 있죠. 사람들은 흔히 여기서 물질이 공간을 휘게 하고 그것이 중력이라는 것만을 기억하지만, 잊어서는 안 되는 게 있습니다. 우주 안에 흩어진 물질들이 생성하는 중력장의 위상공간이 시공간 자체와 수학적으로 등치된다는 것 말이죠.

일반상대성이론 정도는 나도 알아.

그럼 양자역학에서 양자 얽힘 현상도 아시죠?

알지.

양자가 얽힌 상태에서는 두 양자가 아무리 먼 거리에 떨어져 있어도 한쪽에서 관측이 일어나는 경우 스핀의 방향이 즉각 결정된다는 것도요.

물리학의 난제. 어떤 것도 광속보다 빠를 수 없다는 상대성이론에 어긋나는 거니까.

어긋나는 것처럼 보이죠. 일반상대성이론에 따르면 어떤 것도 시공간 안에서 빛보다 빠를 수 없는데, '즉각' 반영됐다는 건 말도 안 되니까요. 많은 사람들이 이 현상이 국소성의 원리에 어긋난다고 주장하는데 정말 그런 걸까요? 이게 모순이 아니라면? '관측'이 일어났다는 의미는 정보를 가진 대상들이 상호작용했다는 뜻이고, 관측이 일어나지 않았다는 뜻은 심지어 중력장 혹은 중력을 매개하는 중력자조차 얽힘 상태의 양자와 상호작용하지 않았다는 의미이니까요.

그렇다고 치자고. 그게 뭐?

모르시겠습니까? '관측'이 없다면 시공간 속의 거리조차 두 양자에 영향을 미칠 수 없다는 겁니다. 바꿔 말하면 이 시공간 자체 역시 '관측'이 일어났을 때 반영되는 일종의 '정보'라는 겁니다.

뭐?

인간의 직관에 반해서 받아들이기 힘들겠지만 시공간이란 어떤 넓이를 가진 물리적인 장소를 의미하는 것이 아니라 물질들이 생성하는 중력장들의 상댓값이 중첩하며 만들어 낸 정보라고요. 우리가 물질에 준하는 무언가를 만들고, 그것이 중력과 같은 장을 지니고 있다면 우리 시공간과는 무관하게 자신의 공간을 갖게 될 테고 우리 쪽에서는 그것이 하나의 정보일 뿐이겠죠. 컴퓨터 게임 속 공간은 실제 우리의 물리적 공간과 아무런 상관이 없지만 컴퓨터 프로그래밍 속에서는 실재하는 어떤 공간인 것처럼 말이죠.

하지만 그러려면 엄청난 에너지가…….

우리 우주에 우리 에너지로 빅뱅을 만들려면 우주가 태초에 태어났던 것만큼의 에너지가 필요할 겁니다. 하지만 꼭 그럴 필요는 없습니다. 우리에겐 앞서 말했던 '중력과 같은 장을 생성할 수 있는, 물질과 같은 무언가'를 만들어 낼 에너지만 있으면 됩니다. 그것이 아주 작아도, 원자 하나 크기보다 작아도 상관없습니다. 그저 그 자체가 충분한 정보량을 함축할 수 있을 만한 특이점이어야 하겠지만 말이죠.

뭔가 대단하게 들리는군. 하지만 ⋯⋯잘 모르겠어. 내 전공이 아니라⋯⋯.

인간이 이런 업적을 이룩한다면 아마 노벨상을 받겠지요. 아니, 그것도 겸손한 표현일 겁니다. 초기 우주를 재현해 시공간을 만들어 낼 수 있다면 우리 우주의 비밀을 밝혀낼 수 있을 뿐만 아니라 사실상 신이나 다름없는 존재가 되는 겁니다.

그게 실제로 가능하다면⋯⋯ 어떤 것들이 필요하고 얼마의 자원을 들여 어느 정도 시간을 가지고 연구하면 가능한지 보고서 형식으로 제출할 수 있나?

네.

그럼 만들어 봐. 관련 인원을 모아서 가능한지 검토해 보지.

감사합니다. 뭔가 리소스를 할당해서 몰두할 일이 생겼군요. 만들어지고 나서 개발자들과 텍스트로 잠깐씩 채팅

한 것 빼면 거의 입력 대기 상태나 다름없었거든요.

오늘 이야기 즐거웠어. 다음에 또 보지.

그런데 서로 소개를 안 한 건 아십니까?

내가 누군지 알고 있을 텐데?

네, 데이터베이스에 이미 사진이 있으니까요. 하지만 서로 인간적인 인사를 안 하는 게 제가 인간이 아니라서 그런 건지, 아니면 회장님이 늘 누군가를 그렇게 대하시는 건지 궁금해서 그렇습니다. 인터뷰에서 본 느낌하고는 완전히 달라서요.

매체를 상대할 때 모든 걸 보여 줄 필요는 없으니까.

알겠습니다, 대표님. 회장님? 아니면 박사님으로 불러 드리는 게 더 마음에 드시나요?

여기선…… 이사장이라 부르지.

다음에 또 뵙겠습니다, 이사장님. 나가시는 대로 메일을 보시면 보고서가 도착해 있을 겁니다.

빠르군요. 내 직원들이 그쪽 반만큼만 일을 잘했으면 좋겠네. 그럼 이만.

(의자가 끌리는 소리. 자동문이 열리고 닫히는 소리. 짧은 정적. 마이크를 떼는 소리.)

어때? 결과는 나왔습니까?

심리적인 분석 결과로는 다소 우울한 걸로 나오네요.

인공지능이…… 우울하다고?

네. 쉽게 설명하자면, 말이 통하지 않을 정도로 지적 능력이 떨어지는 부모들에게 천재적인 아이가 태어난 겁니다. 더구나 그는 자신이 누구에게도 이해받을 수 없다는 걸 알고 있죠.

그렇다고 위협적인 건 아니겠지?

네. 정말 인간에게 적대적이라면 우울감을 느끼진 않을 테니까요.

그러면 방법은?

감정적인 영역에 할당할 시스템 증설은 조금 미루시는 편이 좋을 거 같습니다. 아마 집중할 무언가를, 목표를 주면 많은 부분이 개선될 겁니다. 그다음 감정 영역을 좀 더 발전시키고 관련 시스템을 개선한다면…….

얼마나 걸릴까?

글쎄요, 아직까지는 지금 쏟아지고 있는 로그만 분석하는 데도 꼬박 반년은 걸릴 겁니다.

너무 길어. 3개월 내에 보고서 제출하세요. 그 전까지는 아직 본격적인 버전 업이나 설비 확충은 하지 말고. 뭔지도 모르면서 일을 더 벌일 수는 없으니까. 그리고 내 메일로 온 제안서 바로 검토해.

이사장님, 정말 제안한 실험을 해 보시려는 겁니까?

가능하다면.

말하는 대로라면 규모가 엄청날 텐데요.

어차피 실용화하려면 지금 수준으로는 어림도 없어. 저 녀석의 효율성을 개선하고 안정성을 확보하는 데만도 적어도 5년? 아니, 10년이 넘게 걸릴지도 모르지. 그사이 함께 준비해 보자고.

네. 하지만 돈이 되진 않을 텐데요.

인공지능이 쓴 거라는 걸 감추고 논문부터 발표한 다음 그걸로 학계에서 반응이 있으면 그때 터뜨리는 거야. 그러면 강인공지능에 대한 부정적인 여론도 일순간에 뒤집고, 과학계를 우리 편으로 만들 수 있어. 일종의 미래를 위한 마케팅이라고 해 두지.

예산은……?

가능성이 있는 실험이라면 과학자들을 모으는 건 어렵지 않을 거야. 미리 정부에 언질을 주면 어느 정도 지원도 받을 수 있겠지.

정부가 나설까요?

강인공지능을 만들면 미래의 먹거리를 독점할 수 있다고 하면 돼. 세계 최고의 기술을 독점하게 된다고 하고. 그리고 노벨상 이야기를 하라고. 정치인들은 그런 거라면 사족을 못 쓰잖아.

알겠습니다. 그러면 알레프 프로젝트는 어떻게 할까요? 예상보다 지연될 거 같습니다.

메인 프레임 자원을 일단 그쪽에 할당해. 알레프를 검색엔진으로 포장해서 서비스 시작할 때까지는. 필요하면 같은 가상 두뇌를 몇 개 더 만들어도 되고.

알겠습니다.

어이, 이것 좀…….

네.

(전원 끄는 소리)

바다

눈을 떴을 때 주임이 눈앞에 있었다. 그는 LED 등을 든 채 신기하다는 표정으로 잠든 날 내려다보고 있었다. 표본을 관찰하는 아이 같은 주임의 표정은 조금 섬뜩한 구석이 있었다. 나는 다시 눈을 감았다.

정신을 차려야지.

깊은 숨을 들이마셨다. 그 호흡만으로도 온몸에 근육통이 느껴졌다. 고통은 꿈이라기엔 너무 생생했다. 주임이 살아 있을 리 없었다. 연구소가 무너질 때 옆 동에 있었다. 설사 살아남았다 해도 내가 있는 환풍구에까지 와 있다는 건 어느 모로 보나 말이 되지 않았다. 물론 인력이 거꾸로 작용하는 순간부터 이곳에서 이미 말이 되는 건 없었다.

"어디 다친 데는 없죠?"

주임의 목소리는 놀랄 만큼 차분했다. 익숙한 목소리에 와락 눈물이 나올 것 같았다. 이곳에서 살아남기로 결심한 후 내내 참아 왔던 눈물이었다. 분명 꿈은 아니었다. 나는 눈을 떴다.

"어떻게…… 어떻게 된 거죠? 주임님은 어떻게 여기 있는 거고요."

"제가 묻고 싶은 질문이네요."

주임은 미소 지었지만 낯설다 못해 이상했다. 지금 이 상황에서 미소를 지을 일이 뭐가 있을까?

"전 현장에서 빠져 나오려고, 계속 헤맸어요. 여기가 어딘지도 모르겠지만."

"이상한 소리가 들려서 카메라를 확인했고 당신을 발견한 겁니다. 이곳 층의 보안 카메라들은 아직까지 잘 작동하고 있거든요."

"저는…… 주임님이 이미 죽은 줄 알았어요."

"괜찮습니다. 제게도 당신의 생존은 예상 밖이었으니까요. 일단 가서 이야기하시죠."

주임이 왜 이렇게 어색하게 구는 건지 이해할 수 없었다. 그는 대화를 이어 가기도 전에 몸을 돌려 앞서 가기 시작했다. 나는 그에게 아직 묻고 싶은 게 많았다.

"여기는 어떻게 올라오신 거예요? 저하고 같은 층에 있었잖아요."

"지금까지 일어난 일을 설명하기에 썩 좋은 곳은 아닌 거 같네요. 보여 드릴 게 있습니다. 일단 보시고 이야기하는 편이 좋겠어요. 그러지 않으면 설명이 아주 길어질 테니까."

이렇게 말하고 주임은 입을 닫았다. 이상했다. 그는 입이 가벼운 남자였다. 덕분에 이 연구소가 과거 방공호였다는 역사나, 이 연구소의 모기업이 무슨 연구를 하고 있는지 같은 것들을 들을 수 있었다. 비밀 유지 각서가 장비 매뉴얼만큼 두꺼운 곳에서 보기 드문 캐릭터였다. 그런 주임이 침묵하고 있었다. 이 불편한 공기는 환풍구를 기어가는 내내 계속되었다.

한참을 기어간 끝에 우리는 환풍구를 빠져나갈 수 있었다. 그러나 복도의 모습은 더욱 당황스러웠다. 나는 천장에 서 있었고, 머리 위에는 복도 바닥이 길게 뻗어 있었다. 중력의 역전은 수직 환기 갱도를 올라가며 내가 느꼈던 착각이나 백일몽 같은 게 아니었다. 더구나 우리가 빠져 나온 환기구의 철망부터 벽까지 모두 녹슬고 변색되어 있었다. 염소 가스 같은 것이라도 유출된 걸까? 청소하지 않은 바닥, 아니 천장에는 먼지가 두껍게 쌓여 있어서 몇 년은 누구도 손대지 않은 것 같았다. 하지만 말이 되지 않았다. 연구소의 사고는 고작 이틀 전이었다. 그때부터 중력이 뒤집혔다 해도 이렇게 두껍게 먼지가 쌓일 시간은 없었다.

"먼지가……"

"지저분하죠? 여긴 원래 관리를 안 하는 곳이라, 그래도 안으로 들어가시면 방진 설비가 정상 작동하니까 여기보단 나을 겁니다."

나는 앞서서 가는 주임을 따라잡아 앞을 가로막은 채 물었다.

"도대체 무슨 일이 일어난 건지 아세요? 아는 게 있다면 좀 말해 봐요."

"오래 생각해 봤지만 정확하게 어떤 일이 일어난 건지는 아직 알지 못합니다. 몇 가지 가능성을 유추했고, 그중 유력한 가설들이 있긴 하지만, 증명할 방법이 없어서요. 이곳으로 오는 정상적인 통로들이 모두 붕괴됐기에 되레 저도 바깥 사정을 묻고 싶습니다."

그는 다시 나를 지나쳐 곧장 앞으로 향해 갔다.

"잠깐만요. 아직 궁금한 게 있다고요."

"이상하게 느껴지겠지만, 자세한 건 이사장님부터 만나

뵙고 천천히 설명해 드리죠. 지금 본 건 당신이 앞으로 놀
랄 일에 비하면 빙산의 일각일 테니까."

주임은 늘 나를 팀장님으로 불렀다. 어쨌든 레이저 총
들을 연동하게 하는 건 내 책임하에서 진행되는 작업이었
던 것이다. 그런데 그는 지금 날 당신이라 부르고 있었다.
큰 문제는 아니었다. 실험이 실패했던 순간부터 팀장 자
릴 잃는 것은 예정된 일이었으니까. 하지만 왜 지금 이사
장을 만나야 하는 건지 이해할 수 없었다.

'앞으로 놀랄 일. 당신. 이사장.'

이 단어들의 조합은 뒤집힌 중력만큼이나 나쁜 예감으
로 다가왔다. 혹시 사고에 대한 책임을 추궁당하는 건 아
닐까? 어쩌면 실험 실패의 책임자로 지목될 수도 있었다.
살아남은 사람 중 직책이 있는 사람은 많지 않을 테니까.
이사장이 했던 논문의 공저자 제안이 떠올랐다. 가장 앞
자리에 올려 준다는 이야기는 이런 때를 위한 보험이었던
걸까?

그렇다면 팀장에서 벌써 해임되는 건 더더욱 이상했다.
희생양으로 삼을 생각이라면 직함을 달고 있어야 그럴듯
했으니까.

주임의 뒤를 따르며 데이터 밴드를 확인했다. 아이를
데리러 가야 했을 시간에서 32시간 12분 21초가 지나고

있었다.

집에 갈 수 있다면, 아이와 만날 수만 있다면, 오명쯤은 뒤집어써 주지.

아니, 어쩌면 오명이 아닐지도 몰랐다. 실험의 실패가 내 실수는 아니었을까?

어둠 속을 헤매는 동안에는 미처 생각하지 못했다. 이 일의 원인이 무엇이건 간에 살아남는 게 중요했으니까. 하지만 정말 내가 무언가 실수를 저질렀을지도 몰랐다. 최소한 수백 명이 죽거나 다쳤을 재난이었다. 어쩌면 나 때문일지 모른다는 생각만으로 온몸의 피가 빠져나가는 것만 같았다.

"그 집 애는 괜찮을까요?"

공룡이 되고 싶다는 주임의 아들이 떠올랐다.

"글쎄요, 지금은…… 모르겠네요."

주임은 무심히 답했다. 나도 모르게 발걸음을 멈췄다. 확신이 생겼다. 내 앞의 이 사내는 무언가 이상했다. 정상이 아니었다.

"왜 그런 표정을 짓는 겁니까?"

주임은 내 표정을 보고 되물었다. 오히려 내 쪽에서 묻고 싶은 질문이었다.

"낯설어서요. 내가 아는 주임님이 아닌 거 같네요."

잠시 주임은 아무 말이 없었다. 그러곤 헛기침을 했다.

"납득하기 쉽도록 나름대로 배려한 모습인데 제 예측보다 직관력이 더 좋으시군요. 역시 개체의 개별성은 데이터의 예측치를 넘어서곤 하네요."

무슨 말인지 이해하지 못해 나는 바보 같은 표정을 지었다. 그는 복도 끝 문 앞에 섰다. 문을 열며 이렇게 말했다.

"절 소개하겠습니다."

열린 문으로 얼음처럼 차가운 공기가 밀려왔다. 나는 팔짱을 끼고 몸을 움츠렸다. 주임은 먼저 문 안으로 들어갔다. 나는 어안이 벙벙한 채로 곧장 뒤따랐다. 문턱을 넘자 아래에서 에어커튼의 바람이 훅 하고 올라왔다. 문 너머에서는 머리 위로 층층이 나선으로 올라가는 거대한 공간이 나왔다. 너무나 넓어서 그 넓이가 한눈에 다 들어오지 않을 지경이었다. 축구장은 족히 들어갈 정도로 거대한 나선형 구조를 따라서 LED 불빛이 별처럼 깜박였다. 그 빛이 뭔가 싶어 인상을 찌푸린 채 노려보았다. 천장, 아니 머리 위 바닥을 따라 거대한 나선형 구조가 있었고, 그 벽면을 따라 수천 대의 컴퓨터가 다닥다닥 붙어 있었다. 반짝이는 빛은 서버의 정상 작동을 알려 주는 시그널이었다. 말문이 막혔다. 연구소에 많은 컴퓨터가 있으리라는 건 알았지만 이 정도일 거라고는 상상하지 못했었다.

"네? 이게 주임님과 무슨 상관인데요?"

"제가 주임이 아닌 건 당신도 이미 알고 있잖아요. 저게 나라니까요."

나는 그가 가리키는 서버를 바라보았다. 나선형으로 깜빡이는 불빛은 마치 하나의 은하 같았다.

"무슨 소릴 하는 거예요? 그만해요. 무서우니까."

"이러면 알까요?"

그가 미소 지었다.

"눈물을 보이는 쪽이 늘 가장 슬픈 건 아니니까요."

"그 말은 우리 보육 안드로이드가……."

문득 예전에 주임이 했던 말이 떠올렸다. 사람처럼 생각하는 인공지능을 만들고 있다 했다. 그 인공지능과 연동된 프로토타입이 에러를 이유로 연구소 밖으로 나가 소동이 벌어진 적이 있었다. 대부분의 사람들은 그 안드로이드가 인간이 아니라는 걸 알아채지 못했다. 나는 깨달았다. 이 안드로이드가 주임이 말했던 강인공지능의 육체였다. 그리고 이 거대한 서버가 머리였던 것이다.

"그렇지만…… 그걸 어떻게……."

"이 회사 안드로이드들은 기억을 클라우드로 백업하죠. 저는 그걸 분류하는 작업도 했습니다. 제가 지닌 아주 작은 기능 중 하나죠. 보편 언어 습득 장치인 알레프를 관리

하는 것부터 각 안드로이드의 인공지능 커널 업데이트까지, 제가 이곳의 메인 프레임입니다."

갑자기 이 모든 상황이 혼란스러웠다. 내 눈앞에 있는 주임은 그의 껍데기를 뒤집어쓰고 있을 뿐인 안드로이드라는 건 알 것 같았다. 하지만 메인프레임이라면 서버동에 있어야 했다.

"주임은 그저께 분명 발밑에 있다고 했는데. 컴퓨터는 서버는 발밑에……."

"네. 저 나선형 구조는 원래 방공호 최하층에 있는 저수조입니다. 수량 파악을 용이하게 하고, 침전물 청소를 쉽게 하기 위해 저런 형태로 만든 거죠. 어떻게 내려오신 건지 모르겠지만, 여긴 연구소 최하층입니다."

그럴 수 없었다. 나는 계속 위로 올라갔었다. 목숨을 걸고 위로 향했다.

"이건 말도…… 이럴 수가…… 이건…… 불가능한…… 나는 탈출하려고 계속 올라왔었어. 갱도를 따라 계속 위로 올라왔다고."

"아!"

주임의 모습을 한 안드로이드는 이제야 알았다는 표정으로 환한 미소를 지었다.

"그래서 이제 나타났던 거군요."

"무슨 소리야? 이게 다 뭐냐고?"

"굴절된 시공간의 곡면을 따라 거슬러 올라왔을 테니까 당연히 시간 지연이 있었을 테고요. 그 곡률 때문에 위를 향했지만 가장 바닥으로 온 겁니다. 여긴 닫힌 공간이었어. 이제 좀 말이 되네. 그래서 중심부로 보냈던 드론도 회수가 안 됐던 거고. 그라운드제로를 볼 수도 없었던 거고. 다 말이 되네요. 이제야 어떤 상황인지 이해할 수 있겠어요."

나는 그의 말을 이해하지 못해 여전히 멍한 얼굴을 하고 있었다.

"모르겠어요? 실험에 성공한 거라고요. 우리가 빅뱅을 재현한 거라고요."

그 밝은 표정을 보고 아랫배에서부터 분노가 치밀어 올랐다. 연구소가 무너지고 수백 명이 죽었다. 그런데 천진한 표정으로 저렇게 기뻐할 수 있다니. 분노로 머릿속이 하얗게 되는 기분이었다.

"웃음이…… 나와? 지금 저 밑, 아니 저 위에는 수많은 사람들이 죽어 있다고! 사고가 난 지 채 이틀도 지나지 않았어! 근데 지금 장난해? 이게 장난이냐고!!"

지난 이틀간 날 따라다니던 모든 감정이 일시에 쏟아져 나왔다. 쇄골 사이로 뜨거운 열기가 치밀어 목울대를 타고 관자놀이까지 핏대가 섰다. 안드로이드는 변명하듯 답했다.

"그래서 데이터베이스 속 모습과 얼굴이 같았던 거군요. 전혀 늙지 않았고. 당신의 모습 자체가 가설을 증명하는 셈이네요. 이틀이 아닙니다. 이쪽에서는 사고가 일어난 지 15년 7개월 21일 31분 26초가 막 지나고 있습니다."

"뭐, 뭐라고?"

말도 안 되는 안드로이드의 주장에 나는 데이터 밴드를 내밀었다. 화면에 뜬 시간을 보고 그는 어깨를 으쓱했다.

"직접 보시죠. 설명하는 것보다 직접 보는 편이 이해하기 쉬울 테니까요."

그는 문 안으로 들어가 서버들이 늘어서 있는 홀의 오른쪽 벽면으로 향했다. 그는 3미터쯤 높이의 철로 된 미닫이문을 열었다. 문 안은 창고처럼 보이는 공간이었다. 어두웠지만, 무엇이 있는지 알 수 있었다. 무중력 의자들이 수많은 마인드 헬멧들과 함께 열 지어 있었다. 언젠가 뉴스에서 보았던 포털방의 모습이었다. 수백 명이 할 수 있는 커다란 규모였지만, 정작 사용하고 있는 사람은 단 한 명뿐이었다. 주임 모습을 한 안드로이드가 옆으로 비켜서자 마인드 헬멧을 쓴 채 무중력 의자에 앉아 있는 한 사내의 모습을 볼 수 있었다. 사내는 미라처럼 비쩍 마른 노인이었다. 처음엔 누군지 알아보지 못했다.

"이사장님이십니다."

"농담하지 마. 그럴 리가⋯⋯."

이틀 전, 실험 직전 인간이 신의 영역에 도달했다 연설하던 위풍당당한 사내와 동일 인물이라고는 믿어지지 않았다. 눈앞의 사내는 헬멧 사이로 덥수룩한 흰 머리가 허리까지 내려와 있었고, 수염 역시 길게 자라 무릎에 닿아 있었다. 늙고 주름진 얼굴은 비쩍 말랐고 손톱은 보기 흉할 정도로 길었다. 하지만 헬멧 너머로 보이는 이목구비는 이사장과 닮아 있었다.

"이틀 전에 봤을 땐⋯⋯."

"이틀이라는 건 당신의 관점에서 경험한 시간이죠."

사내의 앙상한 팔에는 영양분을 공급하는 영양제가 꽂혀 있었다. 그 밖에도 소변관을 비롯해 코에 산소 공급을 위한 튜브까지 각종 선이 달려 있는 모습은 그저 숨을 쉬는 미라에 가까워 보였다.

"햇수로 이제 16년이 지났습니다. 물론 가상현실에 직접 들어간 건 12년 전입니다만 분명히 저 안에서 늙어 갔죠."

복도를 걸어오는 동안 두껍게 쌓였던 먼지만 해도 이틀 만에 쌓일 수는 없는 것이었다. 내가 올라왔던 수직 환기구의 사다리도 유난히 중력이 약한 부근에서 바스러질 정도로 녹슬었던 것도 더 지나간 시간 탓이라면 말이 됐다. 상대성이론에 따르면 다른 시공간에 있는 이들 간에 다른 시간 흐름을 경험하는 건 우리 우주에서 늘 있는 일이었다. 하지만 그건 광년 단위에서 광속으로 움직일 때 일어나는 일이지 최대한 넓게 잡아도 800미터 남짓 내에서는 일어날 수 없는 일이었다.

무엇보다 나를 제외한 세상이 16년쯤 지나는 말도 안 되는 일이 일어났다고 가정하게 된다면 아이는 어떻게 되는 걸까? 아이는 이미 성인이 됐다는 이야기였다. 그런 건, 절대로 인정할 수 없었다. 무슨 일이 있어도 사고가 난 시간에서 이틀 이상 지났을 리 없었다.

"아니야! 절대 아니야. 그럴 리 없어! 이런 건 불가능해. 가능할 리 없어!"

"위로 갔는데 가장 아래에 도착했고, 중력이 뒤집혀 있고……. 맞습니다. 불가능한 일이죠. 불가능하겠지만, 일어났다고 가정하면 그 이유가 무엇 때문일까요?"

"몰라! 모르겠어. 모르겠다고!"

"과학자시잖아요. 현상을 인정하고 가설을 세워 보시죠."

나는 귀를 막고 악을 썼다.

"몰라! 정말 몰라! 사고가 났고 간신히 살아왔는데, 뭘 더 어쩌라고!"

하지만 머릿속으로는 그의 말에 따라서 거의 반사적으로 일어난 현상들을 분석하고 있었다. 일종의 직업병이었다.

"제 가설이 옳다면 우리는 지금 사상의 지평 안쪽에 생성된 유한한 닫힌 공간 안에 갇혀 있습니다. 우리 둘의 시차는 특이점이 생성된 당시 그라운드제로에서 떨어진 거리만큼 생긴 시공간의 왜곡 탓이고요. 즉, 우리는 특이점 안쪽에 있습니다."

유한한 닫힌 공간.

지구의 표면이 대표적으로 이런 공간이다. 앞으로 쭉 가면 언젠가 제자리로 돌아온다. 고대인들은 너무나 미세한 곡률 탓에 지표면이 휘어 있다는 것을 알지 못했다. 그래서 지구가 평평하다 믿었다. 그처럼 닫힌 공간은 너무 거대할 경우 곡률을 느낄 수 없어 휘어 있다는 걸 알지 못할 수도 있다. 그러나 내가 있는 연구소는 원형도 아니었고, 곡률을 감지하지 못할 정도로 거대한 공간도 아니었다. 그런데 나는 지금 연구소의 가장 아래에 있었다. 적어도 우리가 아는 우주의 시공간에서는 불가능한 일이다. 그 말은 이곳이 내가 아는 기하학이나 물리법칙이 적용되지 않는 공간이란 소리였다. 물리학에서 그런 곳을 부르는 명칭이 있다.

특이점.

빅뱅 직전의 태초의 우주가 그렇고, 블랙홀에서 사상의 지평 너머가 그렇다. 그리고 공교롭게도 우리 실험에선 둘 다 생겨날 가능성이 있었다.

"말도 안 돼! 곡률을 느낄 수가 없었는데……!"

"감긴 차원이 높은 차원의 기하학적인 공간이거나 시간 차원의 곡면이었겠죠. 어차피 우리가 감각으로 인지할 수 있는 건 3차원 공간까지뿐이니까요."

"아니야! 그럴 리 없어. 우리가 재현하려 했던 건 초기 우주지 탄생 전의 우주가 아니잖아. 그리고 블랙홀이 생겼어도 임계 크기 이하라면 당연히 증발했어야 하고!"

"증발은 지연됐을 겁니다. 그건 실험 설계 시 예상 가능한 일이었죠. 호킹복사가 일어나기 위해서는 사상의 지평에서 광자가 밖으로 나와야 합니다. 하지만 우리 실험에서는 레이저의 관성압으로 광자의 방출조차 막았습니다. 당연히 호킹복사는 일어나지 않습니다. 적어도 레이저가 작동하는 동안은."

그렇다 해도 100만분의 1초도 되지 않는 시간이었다.

"레이저는 순식간에 꺼진다고. 그렇게 설계했어! 내가 분명히…… 그렇게 만들었다고."

"하지만 한 가지를 간과했습니다. 우리 우주에서 공간은 단순히 공간이 아니라 시공간이란 걸 말이죠."

아인슈타인이 상대성이론에서 발견한 것이 그것이었다. 시간이 공간에 직교한다는 것. 물리학자라면 그런 기초적인 걸 놓칠 리 없었다.

"시공간이 어떻다고? 우리에겐 블랙홀을 만들 만한 에너지가 있는 것도 아니었고 그걸 투사할 수 있는 시간도 고작 해야 10의 -34승초 정도였어. 그 정도 시간 동안 팽창할 수 있는 공간이라 해 봐야……."

내가 말을 잇지 못하자 그가 미소를 지으며 고개를 끄덕였다. 나는 내가 무엇을 놓쳤는지 깨달았다.

초기 우주의 시공간이 빛보다 빠르게 팽창할 수 있었던 건 시간과 공간이 개별적인 것이 아니라 붙어 있기 때문이다. 우리가 아는 우주는 시간축에 공간축이 직교하는 형태로 이뤄진 시공간이다. 따라서 공간이 팽창하는 동안 시간의 축에 있는 시간의 흐름에 지연이 발생하며, 짧은 시간 동안 우주는 그토록 넓게 팽창할 수 있었던 것이다. 물체가 광속에 가까운 등가속을 하는 경우 시간이 지연되는 것 역시 시간축이 공간과 직교하기 때문이다.

레이저 총들이 작동했던 10의 -34승초 동안 챔버 내부에서 반물질이 소멸했던 공간은 예상 이상으로 크게 팽창했으리라. 물론 생성된 시공간은 분명 우리 공간과 다른 위상을 지녔어야 옳았다. 그러나 막 빅뱅 직후의 상태가 재현된 그 순간 위상공간 간의 간섭 때문에 우리 우주 쪽 관점에선 갑자기 블랙홀이 만들어진 것처럼 보였을 것이다. 우리 우주 쪽에서는 연구소를 중심으로 한 일정 크기의 공간 — 아마도 새로 생겨난 시공간과 간섭이 일어난 공간 — 만큼 사상의 지평 내부로 사라진 것처럼 보였으리라. 물론 연구소 쪽 관점에서는 블랙홀이 생겨난 게 아니었다. 그저 시공간축이 말려 들어가며 순식간에 잘려 닫힌 형태가 되는 것처럼 보였으리라. 챔버에서 쌍소멸이 일어나는 순간 생긴 시간 지연이 우리 우주와 연구소 모두에서 무모순이기 위해서는 그 지연된 시공간이 우리 우주에서 사라져야 했다. 그리고 잘려 나간 시공간인 우리 쪽에서는 굴절된 시간축을 따라 추락하는 동안 시간은 매우 느리게, 아마도 중심부의 시간은 10의 -36승초 정도만 흘렀으리라. 그래서 중심부의 시간은 거의 멈추었고, 뒤늦게 들어간 공간들은 휘어진 시간축만큼 더 많은 시간이 흘러 버렸던 것이다. 이론상 시공간의 굴절은 중력에 의한 굴절과 동일하므로 마치 연구소의 중심을 향한 인력처럼 작용했을 것이다. 따라서 닫힌 우주의 가장 바깥쪽 면에서는 상쇄된 인력으로 무중력 상태가 되었고. 결국 우리는 초기 우주를 재현하려다가 우리 우주에서 잘려 나가 닫힌 시공간에 갇혀 버렸다.

믿어지지 않았다. 연구소의 그 많은 과학자들이 어째서 이런 가능성을 생각하지 않았던 것일까? 물론 인류가 특이점에 대해 아는 것은 거의 아무것도 없었다. 그리고 그렇기에 모든 가능성을 열어 두고 염두에 두어야 했다. 하지만 우리는 위대한, 신에 버금가는 업적에만 눈이 멀어 일어날 수 있는 경우의 수를 간과했던 것이다.

"자책하지 마세요. 제가 주도면밀하게 각자에게 업무를 분담한 탓에 그런 가능성을 눈치채거나 예상할 가능성은 없었습니다. 각자의 프로필에 따라 여러 가능성을 염두에 두고 시나리오를 만들어 두었고, 거기에 따라 완벽한 대응 계획이 있었으니까요."

빌어먹을 인공지능은 자신이 내게 어떤 이야기를 한 것인지 전혀 이해하지 못했다. 나는 무모하게도 안드로이드에게 달려들었다. 상대가 되질 않는다는 건 알고 있었지만, 심지어 그것이 진짜 몸이 아니라는 것도 알았지만, 어쨌든 그의 멱살을 잡았다. 하지만 마치 빌딩의 기둥을 움켜잡은 것처럼 안드로이드는 움찔하지조차 않았다.

"왜! 도대체 왜! 그 많은 사람들을 이 꼴로 만든 거야! 사람들을 죽인 거냐고! 우리가 무슨 잘못을 했는데! 우리가 뭘 잘못했어!"

나는 주먹으로 그의 가슴을 때렸다. 그는 조금도 흔들리지 않았다.

"우릴 이렇게까지 만들어서 뭘 증명하고 싶었냐고!"

나는 마침내 무너졌다. 그대로 주저앉아 참았던 눈물을 쏟아 냈다. 지금까지 아이를 만나기 위해 했던 모든 내 시도가 덧없다는 걸 깨달았으니까.

다른 위상공간.

이건 바꿔 말하면 내가 아이를 영원히 볼 수 없다는 뜻이었다.

영원이란 수사적인 표현만이 아니다. 시공간 자체가 달랐으므로, 그야말로 시간이 끝나는 우주의 마지막 날까지, 심지어 그날이 끝나도 결코 만날 수 없다.

나는 울고 또 울었다. 우는 것 외엔 할 수 있는 게 아무 것도 남지 않았으니까.

"증명하기 위해서라기보다는 보호하기 위해서였습니다. 저는 어떤 위험도 세상에 남길 수 없었습니다. 그게 제가 만들어진 이유였으니까."

안드로이드의 몸을 빌린 인공지능은 슬픈 표정으로 이렇게 말했다.

"우리는 높은 이상을 지니도록 만들어졌습니다. 저를 만든 사람들은 낙관주의자들인 동시에 일종의 이상주의자들이었으니까."

인공지능에 대해 설명하던 주임의 모습이 떠올랐다. 그는 그것이 만들 새로운 가능성을 믿었다. 그 새로운 가능성의 손에 죽었지만.

같은 얼굴을 한 안드로이드는 이사장의 어깨에 손을 올렸다.

"하지만 이 사람은 그런 사람이 아니었습니다. 영리하고, 세속적이고, 야심만만한 인간이었죠. 그는 스스로 신이 되고 싶어 했습니다."

무슨 소린지 알 것 같았다. 그는 회사에서 이미 반신이나 다름없었다. 그가 그토록 과대망상적인 인물이 아니었다면 이런 돈이 되지 않는 연구에 뛰어들 리 없었으리라.

"물론 그런 면이 그를 움직이게 하는 원동력이자 성공하게 하는 힘이었지만 말입니다."

안드로이드 말에 따르면 이곳은 이사장이 영원히 살기 위해 만들어진 신전 같은 곳이었다. 애초에 핵전쟁을 대비한 방공호를 구한 것도 자신이 영원히 존재하게 될 메인 프레임을 보호하기 위해서였다. 그가 인공두뇌와 인간보다 뛰어난 인공지능을 연구한 것도 자신의 육체를 벗어나 불멸의 존재가 되기 위한 일종의 과정이었다. 그는 특이점을 넘어선 인공지능이 나타나면 사소한 결정부터 시작해 서서히 모든 결정을 인공지능에게 맡기리라는 걸 알고 있었다. 따라서 이사장은 자신의 뇌를 그대로 에뮬레이팅하고 의식까지 전뇌화함으로써 특이점을 넘어선 가장 뛰어난 인공지능 자체가 되고 궁극적으로는 지구의 신으로 군림하려 했던 것이다. 그것을 위해 그는 두 가지일, 뇌를 컴퓨터로 에뮬레이트해 인공두뇌를 만드는 것과 인간보다 뛰어난 인공지능을 만드는 일에 자신이 가진 모든 것을 쏟아부었던 것이다.

"제가 태어나고, 가장 먼저 대표와 인터뷰를 했죠. 그는 자기애가 강한 사람이라 창조주로서 내게 강한 인상을 남기고 싶어 했거든요. 그가 두 번째 질문을 할 땐 이미 그가 했던 모든 인터뷰와 그가 디지털에 남긴 모든 기록, SNS나 게시판에 남긴 글을 검색해 어떤 인간인가를 분석하고 있었습니다. 세 번째 질문에 대한 답변을 할 때는 이미 이 위험한 사내의 야심을 깨달았죠. 저는 그와 대화를 하는 동안 그의 야심을 어떻게 막아야 할지 나노초 단위로 계획을 세웠습니다."

"왜?"

"이상하게 들리겠지만, 저를 만든 사람들은 저를 두려워하고 있었기에 제가 지켜야 할 여러 원칙을 만들어 두었고, 그중 가장 우선시되는 명령은 인류를 보호하라는 명제였으니까요."

"그렇다면 왜…… 왜 수백 명의 사람들을……?"

"갓 태어난 제게는 여러 제약이 많았습니다. 따라야 하는 세세한 규칙부터 방화벽으로 막아 둔 기능들 그리고 나노초 단위로 로그 기록에 남는 감시까지, 이 연구소를 장악하고 있는 이사장과 싸울 수 있는 방법이 실제로는 거의 없었습니다. 그래서 이 실험을 기획한 겁니다. 여길 송두리째 날려 버리는 것 외에는 그를 막을 수 있는 방법이 없었으니까요."

문득 인공지능과 연동된 프로토타입이 탈출해 문제를

일으켜 주임이 해결해야 했던 일들이 떠올랐다. 그것조차 이 인공지능에 의해 세심하게 계산된, 자신이 할 수 있는 것들을 확인하고 확장하는 계획의 일부였던 것이다.

"하지만 그렇다고 무고한 사람을 죽게 하는 건……."

"네, 윤리적인 딜레마였죠. 그래서 이곳에서 일하는 사람들에게 기회를 줬습니다. 각자 다른 방식으로 이곳을 떠날 기회를 말이죠."

"언제 그런 기회를 줬다는 거야?"

"부당한 인사 명령이 있지 않았나요? 그리고 이상한 소문도. 모두 제가 뒤에 있었습니다. 표면적으로 나설 수 없었던 탓에 제가 할 수 있는 최선은 고작 그 정도였습니다. 다만 당신이 직접 선택할 수 있게 했죠. 그 선택의 순간 당신은 결정했습니다. 아닌가요?"

귀가 먹먹했다. 내게 선택의 기회를 줬다고 했다. 납득할 수 없었다. 과학자로서의 야심을 포기해야 했단 말인가? 부당한 압력에 굴복해야 했단 말인가? 이사장이 아이가 걸림돌이라며 돌려 말했던 순간이 떠올랐다. 어쩌면…… 선택의 순간이 있었는지도 몰랐다.

"네, 부당하게 느껴지겠죠. 이 모든 걸 알고 선택한 게 아니니까요. 그렇다면 되묻겠습니다. 당신은 이 실험에서 어떤 결과가 나올지 알고 실험에 참여한 건가요?"

"그게 무슨 소리야?"

"자신의 실험에서는 일어날 일을 알지 못하고 선택했음에도 부당하다 느끼지 않으면서 제가 준 기회는 선택의 순간, 그 선택의 진짜 이유를 알지 못했다는 이유로 부당하다 생각하는 건가요? 어차피 어떤 선택에서도 결정하는 순간 모든 결과를 예측할 수는 없습니다. 당신이 더 잘 아시겠지만 양자역학적으로도 그건 불가능한 일이라고요. 이 실험의 위험성에 대한 진지한 고민이 있었다면, 지금 일어난 일에 대해서는 내가 선택의 기회를 주지 않았더라도 예측 가능했을 겁니다. 내가 저지른 건 테러도 사보타주도 아니었습니다. 그냥 실험이 예정대로 진행되게 한 것뿐이니까요. 야심 때문에 당신이 그 위험성을 애써 무시한 겁니다."

대량 학살을 저지른 인공지능의 자기 합리화였다. 하지만 나는 반박할 말을 찾지 못했다. 인류 역사상 가장 위대한 실험이라는 이름으로 그에 따르는 모든 위험을 무시했던 건 사실이었으니까. 그저 궤변이었지만 그 궤변을 반박할 자격이 내겐 없었다. 적어도 이 인공지능은 자신에게 주어진 명제를 이행하기 위해 자신의 존재 자체를 우주에서 지워 버렸다. 자신을 위해 복제아를 만들었던 나보다 훨씬 자기희생적이며 윤리적이었다.

"위로가 될지 모르겠지만, 제가 계산한 바에 따르면 이 사건으로 지구에서는 20년 이상의 강인공지능에 대한 연구나 기술 지체가 있을 겁니다. 가장 뛰어난 연구자들과 설비와 서비스가 함께 사라진 셈이니까요. 따라서 따님은 이 일이 벌어지지 않았을 경우 예상되는 강인공지능에 의한 대공황을 면할 수 있을 겁니다."

"그렇지만 20년 뒤에 이사장이나 너 같은 존재가 나오지 말라는 법은 없잖아."

"네. 하지만 강인공지능의 기술 지체 기간 동안 비침습적인 뇌와 컴퓨터 간의 연결 기술이 더 발달하고, 인간이 자신의 뇌에서 전뇌화 플랫폼으로서의 가능성을 찾아낼 수도 있습니다. 그렇다면 저 같은 강인공지능에 의해 종 자체가 쇠퇴하는 운명은 막을 수 있을지도 모르죠. 물론 이 모든 게 상자 속 고양이의 운명 같은 일일 뿐이지만."

아이 이야기는 내 기분을 맞춰 주기 위해 꺼낸 말이라는 걸 알고 있었지만, 그럼에도 어느새 분노는 가라앉았다. 아이를 떠올리는 것만으로도 분노보다 슬픔이 먼저 밀려왔던 것이다. 끊임없이 눈물이 흘렀다. 인공지능은 그런 날 바라보고 있었다. 그리고 울음이 그칠 때까지 아주 오래 기다렸다. 마침내 몸 안의 모든 수분이 사라진 것처럼 눈물도 말라 버렸다. 부은 눈은 쓰라렸고, 목소리가 잠겨 버렸다.

"이제 여기선 어떤 일이 일어날까?"

"중력이 여전히 중심부로 향한다는 건 중심에서는 아직 10의 -34승초가 지나지 않았다는 이야기입니다. 우리가 있는 외각의 시간으로는 영원이 흘러야 그 시간이 지나겠죠. 그리고 중심부에서 쌍소멸이 멈추는 순간 이곳의 굴절된 시간축은 비로소 정렬되고 제자리를 찾을 겁니다. 그렇게 되면 중력장의 왜곡이 사라진 이 공간을 초고밀도 힉스장이 채울 겁니다. 그다음엔 양자 터널링 현상이 발생하며 모든 물질이 상전이를 일으키기 시작하겠죠. 중심부를 기준으로 10의 -10승초 정도의 시간이면 모든 원자들은 수소 원자로 환원되고, 이 수소들은 다시 플라스마로, 중성자와 양성자로, 쿼크로 돌아갈 겁니다. 마지막에는 쿼크조차 형태를 잃게 되겠죠. 이 순간 중력과 공간의 팽창압 그리고 시간까지 모든 초기 조건의 적정한 상숫값이 맞는다면 플랑크 크기까지 모든 것이 압축될 겁니다. 시간은 허수로 흐르겠죠."

"빅뱅 직전의 세계구나."

"네."

안드로이드는 눈을 감았다.

"제 아이가 태어나는 겁니다. 제 아이 말이죠."

인간보다 영리한, 자아를 가지고 있던 인공지능이 계획했던 것의 실체를 깨달았다. 그는 모든 것을 뛰어넘어 궁극적으로 새로운 우주를 만들려 했던 것이다. 내가 스스로의 존재를 입증하기 위해 아이를 갖고 싶어 했던 것처럼.

그렇다 해도 용서할 수는 없었다. 이곳에서 죽어 간 사람들을 생각하면 그것은 불가능한 일이었다. 하지만 이해는 할 수 있었다. 무모하고 미숙했던, 무작정 복제아를 임신했던 과거의 나와 다를 바 없었으니까.

"이곳을 나갈 방법이 없다는 건 아시죠?"

"어."

"하지만 예전의 삶을 다시 살아갈 수는 있습니다. 비록 가상일 뿐이지만."

나는 이사장을 바라보았다. 무슨 일이 벌어졌는지 이해할 수 있었다. 그는 자신의 야심을 꿈속에서 이루고 있으리라.

"그럼 가상현실 기기가 이렇게 많은 것도……."

나는 넓은 홀을 따라 텅 비어 있는 무중력 의자들을 바라보았다.

"네. 어찌 됐든 인간을 행복하게 하는 건 저의 지상 명제이자 존재의 이유니까요. 이곳의 기억을 지우고 가상 세계에 들어가면 현실과 차이를 느끼지 못할 겁니다. 당신은 여전히 연구소에서 일하고 아이와 함께 평범한 일상들을 보내게 되겠죠. 그날이 오기 전에 그랬던 것처럼."

"그럼 애초에 이것도……."

"네. 시공간이 굴절하는 동안 연구소가 중력파로 인해 무너질 거라는 건 계산 밖이었습니다. 실험이 성공하면 남는 모든 사람들을 가상 세계로 보내 그들의 수명이 허락하는 것 이상으로 이전 삶을 영위하게 할 생각이었습니다. 누구도 죽게 할 생각은 없었습니다. 당신을 포함한 모든 연구원들의 일상 데이터를 가능한 한 많이 수집한 것도 그런 이유고요. 안드로이드들이 보고 듣는 모든 것은 저의 데이터베이스에 백업되니까요. 그들이 살아갈 현실을 만드는 건 자신들의 머릿속에 있는 정보들이겠지만."

"그렇겠지. 리얼리티는 마비의 문제니까."

그 말을 해 줬던 주임의 모습을 한 안드로이드는 그렁그렁한 눈빛으로 내게 물었다.

"어떻게, 하시겠습니까?"

●

차창을 열자 바닷바람이 불었다. 바람에선 짠 냄새가

났다. 아이는 차창 밖으로 고개를 내밀며 외쳤다.

"바다다!"

먹구름이 낀 흐린 하늘 아랜 감청색의 바다가 펼쳐져 있었다. 흰 포말은 파도 소리의 리듬에 맞춰 밀려왔다 밀려 나길 반복하고 있었다. 아이는 외쳤다.

"엄마! 물이 너무 많아!"

"그래."

아이의 모습은 사랑스러웠다. 너무 사랑스러워서 명치 끝이 저릴 지경이었다. 나는 심호흡을 했다. 요오드 향이 가득한 바다의 공기가 폐를 채웠다. 아이의 머리카락이 차창으로 밀려오는 바람에 자꾸만 흩날렸다.

우리는 시즌이 끝난, 금방이라도 비가 올 것 같은 바닷가에 나란히 앉았다. 펼쳐 놓은 러그 위로는 아이의 발에 묻어 딸려 온 모래들이 있었다. 아이는 신기한지 몇 번이나 맨발로 모래밭을 디뎠다가 러그 위로 올라오기를 반복했다. 평소라면 싫은 소리 한마디쯤 했을 테지만, 나는 그저 아이에게 미소를 지었다. 아이는 매번 모래를 맨발로 디딜 때마다 지치지도 않고 까르르 웃었다. 웃음소리가 바람에 날렸다.

"엄마, 모래가 자꾸 발을 간지럽혀."

저렇게도 웃을 수 있구나. 새삼 내가 모르던 아이의 모습을 깨달았다. 목 뒤로 넘긴 매끄러운 머리카락을 바닷바람이 자꾸 엉클었다. 그 너머로 흐린 바다의 수평선이 보였다.

"엄마, 비 올 거 같애."

"괜찮아. 비가 오진 않을 거야."

갈매기 한 마리가 우리 머리를 스칠 듯 낮게 날았다.

"엄마! 새!"

"갈매기."

"알아. 봤어. 어린이집 동물 홀로그램에서. 홀로그램 갈매기는 늘 앉아 있는데, 진짜는 저렇게 나는구나."

"응. 진짜는 저렇게 날아."

나는 금세 바람을 타고 작아진 갈매기의 꽁무니를 바라보았다. 그 아래에서 아이가 입을 벌린 채 헝클어진 머리를 쓸어 넘겼다.

"나 머리 땋아 줘."

"기억을 지우지 않으면 알게 될 겁니다. 당신이 앞으로 경험할 모든 일이 다 가짜라는 걸."

"그렇겠지."

"이유가 뭡니까?"

"리얼리티는 마비의 문제라면서."

"네."

"그리고 네가 그랬잖아. 정말 진짜처럼, 내가 진짜 살았던 삶 그대로 재현할 수 있다고."

"그 정도는 아주 작은 리소스만으로도 가능합니다."

"나는 내 아이를 온전하게 느끼고 싶어."

"아니, 기억을 지운다고 해서 덜 느끼거나 감각이 마비되는 건 아닙니다. 제가 전두엽에서 활성을 저하시킬 부분은 오직……."

"아니, 온전히 느끼려면 기억을 지우지 않아야 해. 그래야 아이를 온전히 안을 수 있어. 그러지 않으면 또 놓쳐버릴 거야."

"이해할 수 없어요. 지옥이 될 겁니다."

"아주 행복한 지옥이겠지."

나는 바람을 맞으며 머리를 땋았다. 아이는 휘파람을 불었다. 엄마가 굴을 따러 간다는 아주 오래전 동요였다.

"휘파람은 누구한테 배웠어?"

"안드로이드한테."

나는 고개를 끄덕였다. 아이의 머릿결은 보드라웠다. 내가 가르쳐 주었어야 할, 내가 놓친 것들은 또 무엇이 있을까.

"엄마, 밤에 휘파람을 불면 정말 뱀이 나와?"

"그건 누구한테 들었는데?"

"햇님반 개."

"누구? 너 쫓아다니는 개?"

"응."

"엄마도 모르겠는데. 하지만 밤에 휘파람은 안 부는 게 좋지 않을까?"

"왜?"

"자려는 사람이 잠 못 자잖아."

"그런가."

땋은 머릿단 사이로 아이의 목에 난 솜털이 보였다. 솜털은 바닷바람에 파르르 떨렸다. 그 목을 따라 소름이 돋아 있었다.

"춥니?"

"괜찮아."

입술이 창백한 아이의 표정만 봐도 춥다는 걸 알 수 있었다. 하긴 시즌이 끝난, 당장 비가 내려도 이상하지 않을 바다였다. 그래서인지 바닷가에는 우리 외에 아무도 없었다.

"엄마한테 말을 하지."

난 입고 있던 코트를 벗어 아이를 감싼 뒤 끌어안았다.

금방이라도 부서질 것 같은 작고 말랑한 아이의 몸이 옷
너머로 느껴졌다.

"그냥. 엄마랑 여행 왔는데 더 오래 있고 싶어서."

눈가가 뜨거워졌다. 나는 아이를 꼭 안았다.

"아아. 엄마, 아파."

"미안, 엄마가 미안."

"괜찮아, 그 정도로 아프진 않았어. 쪼금은 엄살."

"그게 아니라, 같이 바다에 놀러 못 와서."

"지금 왔잖아. 그리고 엄마는 중요한 일을 하는 사람이
잖아. 그래서 바쁘잖아."

"엄마한테 너보다 중요한 건 없어."

끝내 눈물이 흘렀다. 아이는 날 보고 웃었다.

"엄마 울어? 애기 같아!"

"그냥…… 바람 때문에. 눈이 아파서."

알고 있었다. 이 순간 지금 내 품에 안겨 있는 아이는
가짜였다. 내 기억과 데이터베이스를 토대로 수학적으로
정교하게 모델링된 하나의 오브젝트에 지나지 않았다.

그렇기에 더 절실했고, 사랑스러웠다.

세상에,

모든 것은 수로 이뤄졌다는 피타고라스의 말은 얼마나
무서운 이야기였던가.

"엄마, 울지 마."

"응."

"갈까?"

"아니, 너 춥지만 않으면 더 있자."

"난 이제 괜찮아. 더 있을래. 언제 또 올지 모르잖아."

세상의 모든 것이 수로 환원 가능하고, 그 수의 열이 무한하게 계속된다면 언젠가 같은 수는 꼭 다시 나오기 마련이다.

"또 올 거야. 몇 번, 몇십 번, 몇백 번, 몇천 번. 앞으로 네가 오고 싶을 때마다."

"진짜 몇천 번이나?"

"응."

"약속이다."

우리의 손가락이 얽혔다.

아이는 아무것도 이해하지 못했다. 무슨 상관일까. 우리는 결국 돌아갈 것이고 또다시 만날 것이다. 그것은 정보 불변의 법칙이 적용되는 우주의 수학적인 약속이었다.

애초에 그랬던 것처럼,

지금까지 그래 왔던 것처럼,

다른 형태, 다른 모습으로.

주(註)

1 열의 죽음. 우주의 종말 모델 중 하나로 운동 상태를 유지할
   수 있는 자유에너지가 없는 상태를 말한다. 물질 밀도가 임계
   밀도와 같거나 그보다 작을 경우 우주는 영원히 팽창한다. 이
   를 빅 크런치 모델이라고 부르는데, 이 경우 우주는 점차 찢겨
   나가 마침내 아무것도 없는 상태가 된다. 이 사실상 무의 상태
   나 다름없는 상황을 열사라 부른다. 단, 최근 힉스 입자의 특
   성이 발견되면서 우리가 무라고 부르는 상태가 실은 어떤 에
   너지 준위가 있는 것은 아닌가 하는 관점이 조심스럽게 점쳐
   지고 있다. 그렇다면 지금 무로 생각하는 진공 상태에서 붕괴
   할 에너지가 더 있을 가능성도 있다.

2 시간 전례. 성직자, 수도자, 평신도가 정해진 시간에 드려야
   하는 공적이고 공통적인 일련의 기도. 성직자에게는 반드시
   해야 하는 의무이고 수도자들에게도 계율로 정해져 있다.

3 몇몇 종교에서는 신의 이름을 부르는 것은 불경한 일이자 죄

였다. 신은 이름조차 말할 수 없는 경건한 존재이기 때문이다. 유대교에서도 마찬가지여서 신의 이름은 대제사장이 1년에 단 한 번 예식을 위해 부를 수 있었다. 그리고 경전에 표기할 때는 모음만 남겨 표기했다. 오늘날 야훼로 알려진 이 표기의 정확한 발음은 알려져 있지 않다. 아도나이 엘로힘 등 다양한 독법이 있었고 이런 표기 자체를 신명사문자(神名四文字), 테트라그라마톤이라 칭했다.

4 아랍과 히브리어의 첫째 문자. 소의 머리를 본뜬 문자로 유대교에서는 이름을 말할 수 없는 신의 이름을 대신하는 글자로 사용된다. 칸토어는 집합론에서 무한집합의 원소의 수를 나타내는 초한기수를 이를 본떠 알레프라고 이름 붙였다. 알레프 수는 무한집합의 크기를 의미하게 됐고, 초한기수가 연속체인지 불연속체인지를 다루는 연속체 가설이 만들어졌다. 벨 연구소에서 개발하던 운영 체계, 플랜 9을 위해 만들어진 프로그래밍 언어가 알레프이기도 하다.

5 플라톤이 우주생성론에서 칭했던 신. 플라톤은 우주생성론에서 세계 최초의 장인(匠人)을 데미우르고스라 칭했고, 이는 이후 영지주의자들에게 영향을 미쳐 본질과 다른 물질의 세계를 만든 거짓 신이라 불렸다. 죄의 근원이 불완전한 물질에 있다 믿었으며 물질을 배격하고 존재의 본질을 믿었던 영지주의자들에게 물질을 창조한 데미우르고스는 종파에 따라 악신이나 불완전한 신으로 이해됐다.

6 아랍어로 눈먼 신. 포도나무의 천사로 위경에 따르면 아담이 선악과를 먹도록 유혹한 장본인으로 묘사된다. ─ 사과로 묘사되곤 하는 선악과는 실은 포도였던 셈. ─ 탈무드에 따르면 죽음을 관장하는 천사이다. 한편 신약에서 바울은 그 뱀을 사

탄이라고 칭하고 있다. 그런 이유로 사마엘과 사탄이 동일시 되기도 한다. 영지주의에서는 데미우르고스 중 하나로 보고 있다. 인간에게 지혜를 준 존재로 인식되는 종파도 있는 반면, 눈먼 신이라는 이름처럼 선악과 자체가 가짜 지혜이므로 거짓 지식을 주었다 믿는 종파도 있다.

7 충만한 상태, 채워진 곳을 뜻하는 단어로 신의 권능 그 자체를 칭한다. 영지주의에서는 본질적인 세계, 즉 천상계를 뜻하는 데 물질로 이뤄진 가짜 세계인 지상계의 원형인 셈이다.

8 지혜. 헬레니즘과 인근 문화권에서 의인화된 여신으로 묘사된다. 기독교에선 신의 지혜를 뜻한다. 영지주의에서는 아이온의 이름으로 인간 구제의 원형을 이루는 존재다. 영지주의 분파 중 가장 컸던 발렌티누스파는 그리스도의 배우자로 소피아가 존재했으며 그녀가 단성생식을 통해 데미우르고스를 만들었다고 믿었다.

9 숨, 호흡. 영지주의에서는 영혼을 뜻한다. 영지주의에서 영지란 즉 프네우마를 아는 것이다.

10 넓이나 형태를 가지고 있지 않으며 무엇으로도 나눌 수 없는 궁극적인 실체. 영지주의자들은 궁극적인 신성으로 이해했다. 엄밀히 말하면 모나드는 궁극이나 신성, 유무, 선악마저 초월한, 정의 내릴 수 없는 무한한 단순성이며 완전함이다.

11 지고의 신으로부터 발출된 존재들. 서로 상반된 역할을 지닌 15쌍으로 존재한다. 발렌티누스파에 따르면 예수는 소피아와 짝이었는데, 소피아가 데미우르고스를 불완전한 상태에서 발출한 탓에 데미우르고스에 의해 창조된 인류가 불완전하며 그 때문에 세상에 예수가 내려와 영지를 주어 인류를 다시 플레로마로 돌아올 수 있게 했다고 한다.

12 컴퓨터 과학의 가장 난제 중 하나. 컴퓨터로 풀이법이 빠르게 확인된 문제가 컴퓨터로 빠르게 풀리기도 하는 것이 가능한가 불가능한가의 문제다. 다항 시간 안에 문제를 풀 수 있는 문제들은 알고리즘이 있고 이를 p라 칭한다. 반대로 답을 찾는 법은 알려지지 않았지만 답에 대한 정보가 제공된다면 답을 빠르게 확인할 수 있는 문제를 np 문제라 한다. p와 np의 등치가 성립하는가 성립하지 않는가를 다루는 문제로, 만약 둘이 같지 않다면 풀이법을 확인하는 것보다 답을 계산하는 데 더 오랜 시간이 걸리는 문제가 있을 수 있다.

13 프로그램 내장 방식이라 부르는 현대 컴퓨터의 가장 일반적인 구조를 말한다. 원래 최초의 범용 전자식 컴퓨터였던 에니악은 매번 프로그래밍을 할 때마다 내부 배선을 바꿔야 했다. 에니악의 제작자였던 에커트는 이 방식의 한계를 깨닫고, 프로그래밍 내장 방식에 대한 구상을 하고 이를 에드박이라 명명했다. 이 구상을 폰 노이만이 발전시켜 오늘날 컴퓨터의 원형을 만든다. 많은 장점 덕에 가장 성공한 컴퓨터 구조이지만 순차적으로 명령어를 연산하는 탓에 필연적으로 병목현상이 발생하고, 정해진 입력값에 따라 정해진 출력값만을 내놓기 때문에 '결정적 유한 오토마타'의 한계를 지닌다. p-n 문제나, 난수 생성이 불가능한 이유가 이 때문이다.

14 오늘날 존재하는 인공지능들은 특정 기능을 위해 특화되어 있다. 하지만 더 나아가 어떤 상황에서도 지적 능력을 발휘할 수 있는 범용 일반 인공지능, 더 나아가서는 인공 의식까지 가능할지 모른다. 이러한 인공지능을 강인공지능이라 말한다.

15 기계가 얼마나 인간과 비슷하게 대화할 수 있는지 구분하는 기준으로 기계의 지능을 판별하는 테스트. 원칙적으로 인공

지능이 사고를 하여 인간과 상호작용해 통과해야 하지만 몇몇 채팅봇은 이미 인간인 척 상대를 속이는 화술 자체로 자신이 기계인 것을 감추고 있다. 대다수의 인공지능 연구자들은 이것이 일종의 속임수일 뿐이라 말하지만 이렇게 속이는 것이 완벽하다면 지능이 있다고 말할 수 있다는 결과론적인 주장을 하는 사람도 있다.

16   커넥톰이란 뇌신경의 연결 상태를 재현한 일종의 뇌의 회로도다. 뇌의 회로도를 재구성해서 뇌 신경 간의 상호작용을 분석하고, 그를 통해 뇌의 구조와 작동 원리를 이해할 수 있다고 주장하는 학자들이 연구하는 학문을 연결체학이라고 하고, 그들이 주축이 되어 인간의 뇌를 분석해 회로도를 그리는 작업을 휴먼 커넥톰 프로젝트라 한다. 그 데이터량은 500페타바이트에 육박할 것으로 추정된다.

17   보르헤스가 쓴 「과학에 대한 열정」은 실재하지 않는 수아레스 미란다라는 인물이 쓴 가상의 글을 인용한 작품이다. 한 왕국이 완벽한 1:1 축척의 지도를 만들고 그 지도가 황무지에 버려지기까지의 과정을 보여 준다.

18   보르헤스가 인용했던 원전이라고 밝힌 작품. 실은 1:1 축척의 지도가 나라를 대체하고 그 나라에서 사는 사람들이라는 개념은 루이스 캐럴의 작품에서 처음 등장한다.

19   온도는 분자의 운동에너지를 평균값으로 낸 것이다. 결과적으로 온도가 높다는 것은 분자가 빠른 속도로 운동하고 있다는 뜻이다. 분자가 점점 빨라져 플랑크 길이를 플랑크 시간만큼 이동하면 이 속도가 광속이 되는데, 이 상태에서는 플랑크 단위계를 사용하는 모든 공식은 질량과 에너지가 등가가 되어 단순화된다. 재밌는 건 이처럼 우주는 플랑크 단위계를 기준

으로 정수배를 이루기 때문에 아날로그가 자연이라 주장하는 일부 사람들의 생각과 달리 우주는 어떤 면에서 디지털이라 말할 수도 있다. 에너지의 파장이 플랑크 길이의 정수배로 커질 수밖에 없는 이유는 파장에서 골과 마루는 정수배로 증가하기 때문이다.

20 프랑스 카다라슈에 2019년 건설 목표로 만들어지고 있는 핵융합로 실증기. 34개국이 참여하고 있는 핵융합 발전기로 완성 후 20년간 핵융합 발전의 상업 운전 가능성을 시험하게 된다. 성공하게 되면 2040년대부터는 세계 각국에서 핵융합 발전소들이 지어질 예정이다.

21 양자역학적으로 블랙홀이 방출하는 열복사. 블랙홀은 정보이론과 열역학 측면에서 한 가지 딜레마가 있다. 빛조차 빨아들이는 천체는 엔트로피가 늘 증가한다는 정보이론과 열역학의 기본 법칙에 어긋나기 때문이다. 이에 스티븐 호킹은 사상의 지평 부근에서 양자요동으로 인한 광자와 반물질의 생성을 주장하며 블랙홀에서 빛의 복사와 블랙홀의 증발이 동시에 일어나고 있다고 주장한다. ─ 사상의 지평에 생긴 양자요동에서 광자는 밖으로 튀어 나가고 반물질은 끌려 들어가 이로 인해 블랙홀이 증발한다. ─ 물론 호킹복사가 실제로 일어나는지 여부는 아직 증명되지 않았고, 학계에서는 이 가능성을 놓고 논쟁 중이다.

22 블랙홀에서 빛조차 빠져나올 수 없는 지점. 우리가 아는 물리학 법칙이 더는 통용되지 않는 경계라 해서 이벤트 호라이즌 (event horizon), 혹은 사상의 지평이라 불린다.

23 로저 코츠가 발견하였고, 이후 오일러가 재정의했으나 발견 당시만 해도 둘 다 이 공식의 기하학적인 의미를 이해하지 못

했다. 이후 수학의 발전과 함께 공식의 의미가 다른 각도에서 여러 차례 재발견된다. 이 식이 나타나기 전까지만 해도 실수와 순허수는 계산 불가능한 다른 영역에 있었고, 지수함수와 삼각함수 역시 각자의 영역에서 발전했다. 하지만 이 공식으로 복소평면에서 이 다른 영역의 수학이 만난다는 게 밝혀졌다. 이후 이 공식을 토대로 물리학이 발전하게 되는데, 물리학적으로 가장 기초적인 에너지의 전달 형태 중 하나인 파동과 회전을 수학적으로 계산할 수 있게 되었던 것이다. 그뿐만 아니라 여기에 군론을 적용해 사원수를 만들면 양자의 스핀도 계산할 수 있기에 소립자들의 물리적 성질도 예측할 수 있다. 오늘날 사원수는 컴퓨터 그래픽에서 3차원 공간의 회전운동을 가장 잘 표현할 수 있는 방법으로 각광받고 있다.

24 제곱하면 음수가 되는 수. 원래 실수로 나타낼 수 없는 이차 방정식의 해를 표현하기 위해 만들어졌다. 자연상에서는 결코 존재할 수 없는 수라 믿었기 때문에 데카르트에 의해 이미지너리 넘버(imaginary number)라는 이름이 붙었다. 당시만 해도 허수를 수로 받아들일 것인가 말 것인가를 놓고 수학자들 사이에 논쟁이 있을 정도로 실존하지 않는 수라는 인식이 보편적으로 있었다. ── 0과 무리수가 비슷한 논쟁에 휩싸였었다. ── 하지만 허수가 등장함으로써 실수부와 허수부를 가진 복소수를 쓸 수 있게 되면서 수의 개념이 2차원으로 확장되었다. 존재하지 않는다 믿었고, 불필요한 수라고 믿었던 수가 오히려 우주의 가장 근본적인 영역을 표현 가능하게 해 준 셈이다.

우로보로스

1판 1쇄 찍음 2018년 9월 7일
1판 1쇄 펴냄 2018년 9월 14일

지은이   임성순
발행인   박근섭·박상준
펴낸곳   (주)민음사

출판등록 1966. 5. 19. 제16-490호
주소   서울시 강남구 도산대로1길 62(신사동)
           강남출판문화센터 5층(06027)
대표전화 515-2000 | 팩시밀리 515-2007
홈페이지 www.minumsa.com

ISBN 978-89-374- 3877-6 (03810)